スケルトン・キー

道尾秀介

CONTENTS

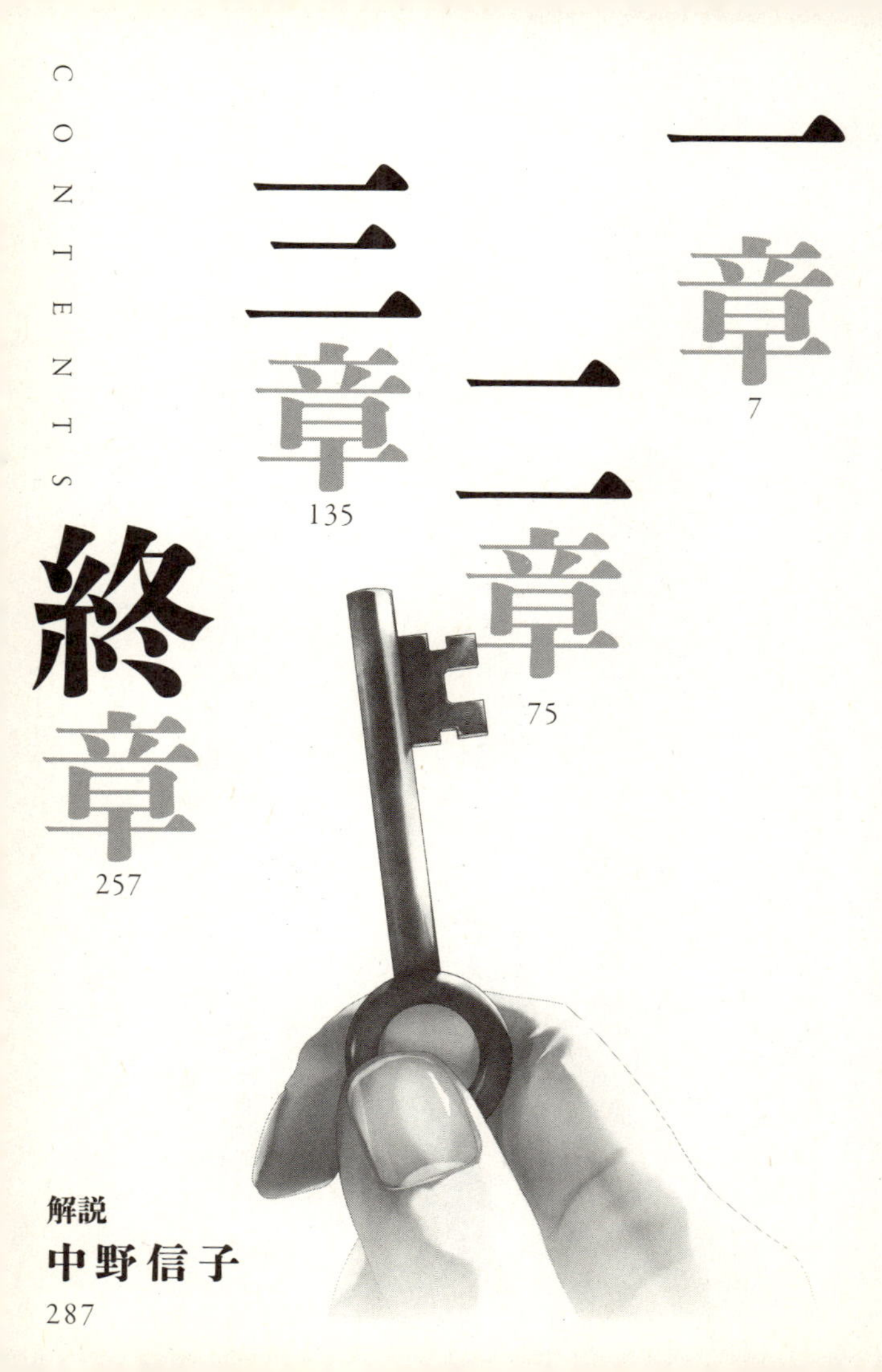

一章 7
二章 75
三章 135
終章 257
解説 中野信子 287

目次・扉イラスト　Ｒｅ°（RED FLAGSHIP）
目次・扉デザイン　坂野公一（welle design）

la clef ferme plus qu'elle n'ouvre. La poignée ouvre plus qu'elle ne ferme.
（分類するならば、鍵は、開くよりも閉じるものだ。把手は、閉じるよりも開くものだ。）

――ガストン・バシュラール『空間の詩学』

You can straighten a worm, but the crook is in him and only waiting.
（芋虫を真っ直ぐに伸ばすことはできるが、その湾曲は身体の中で、ただ待っている。）

――マーク・トウェインの言葉

一章

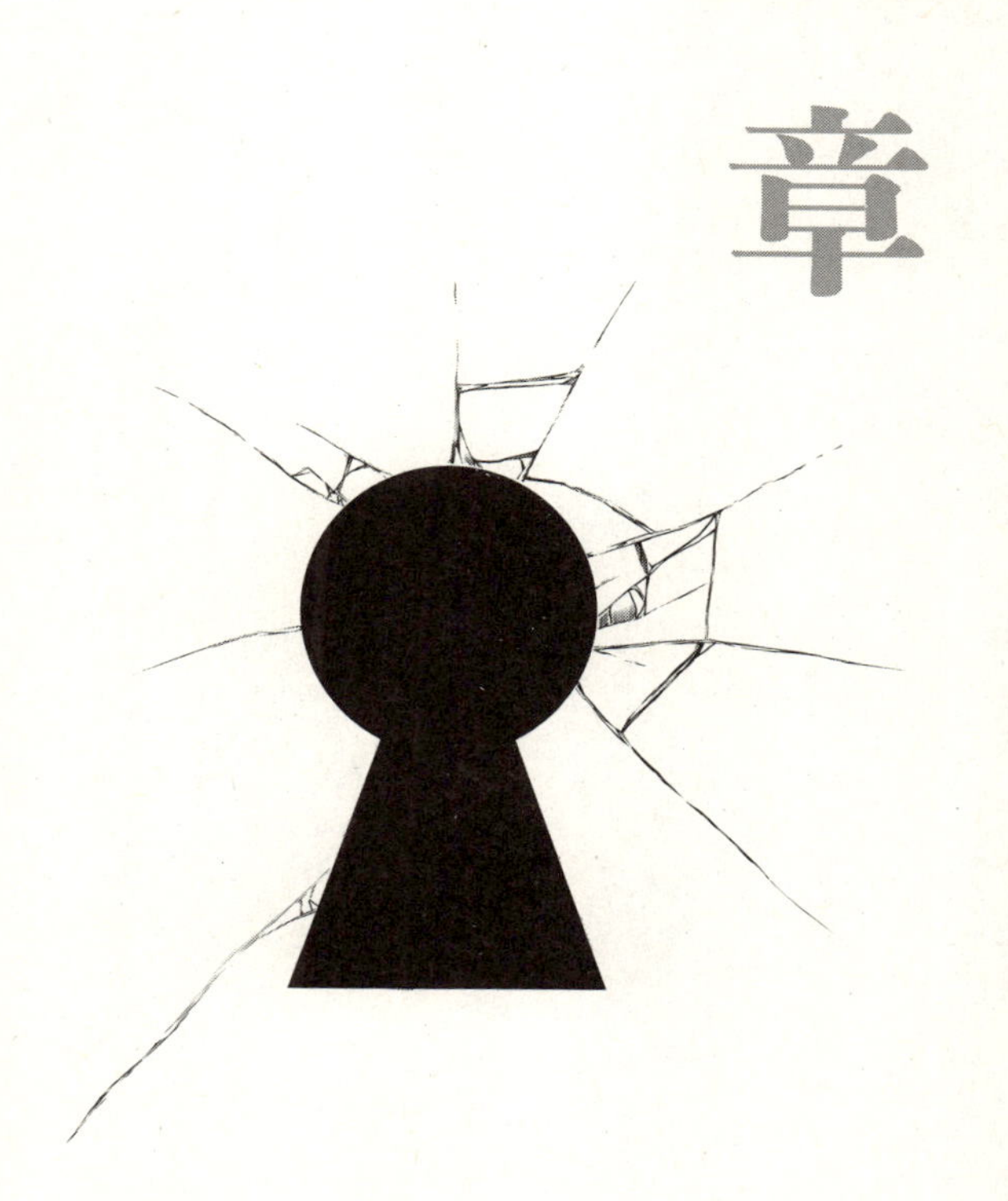

（一）

追っているクーペは二台前を走っていた。

行く手の信号が黄色から赤に変わる。クーペはそのまま交差点に入っていく。しかしその後ろ、僕とクーペとのあいだを走るタクシーは交通ルールを守り、ブレーキランプを点灯させた。

アクセルをひらきながらバイクを素早く左へ倒す。深夜の街灯が一直線につながってヘルメットの向こうを流れる。タクシーの左脇をすり抜けて交差点に突っ込んだ瞬間、右前方から軽トラックのヘッドライトが迫ってきた。対向車線で右折待ちをしていた車が発進していたようだ。

右によけるか左によけるか。

左によけた場合、相手がよほど急ブレーキをかけてくれないかぎり衝突する。僕は全身でバイクを押し込み、右へ倒した。が、その瞬間、軽トラックがタイヤを鳴らして急ブレーキをかけた。どうやら左によけるのが正解だったらしい。軽トラックの車体が眼前に迫る。このままだと確実にぶつかる。バイクをさらに下へ押し込み——もっと押し込み――スピンする直前に勢いよく車体を立て直す。ダウンジャケットの左袖が軽トラックの荷台をこすり、千切れた生地の内側から白い羽毛が飛び散る。軽トラックと後続車のあいだには一メートルほどの隙間があった。僕はそこを突き抜け、もとの車線へと戻った。

クーペの尾行を再開する。

しばらく走っていると、道の左右から飲食店の明かりが消え、かわりにマンションや、工場らしい四角い建物などが増えてきた。

クーペが左折して路地に入る。

気づかれないようバイクのヘッドライトを消し、そのあとにつづく。

政田が運転するクーペは住宅街の角を二度曲がってから、コインパーキングの看板のそばで減速した。僕は一つ手前の角を左へ入り、民家のブロック塀にバイクを寄せてエンジンを切った。デニムのポケットからスマートフォンを取り出す。誕生日のパスコードを打ち込んでカメラを起動させ、路地の角まで戻る。カメラの露出を目一杯まで上げた状態で、路地にスマートフォンだけを突き出してディスプレイを確認する。暗がりでは、肉眼よりもこのほうがよく見える。クーペはコインパーキングに停まっているが、政田はまだ車内にいる。顔が下から白く照らされているのは、携帯を操作しているのだろうか。僕はスマートフォンのシャッターボタンを押し、その様子を撮影した。

政田が車を降りる。

周囲を気にしながら、こちらに背を向けて歩き出す。

僕は足音を立てずにそれを追う。

政田が入っていったのは、それほど高級そうでもないマンションのエントランスだった。細長い身体を曲げてインターフォンでルームナンバーを押し、応答した相手と短く言葉を交わす。奥の自動ドアがひらく。政田はそこを抜け、エレベーターホールへと去っていく。僕はその一部始終を写真におさめる。

メッセージアプリをひらき、撮った写真を貼りつけた。間戸村さんに送信する前に、ダウンジャケットの左袖を確認してみる。軽トラックの荷台にこすった場所が十センチくらい破れていたので、僕はついでに書き添えた。

《尾行中に上着が破れたので請求させてもらいます》

すぐに間戸村さんからの着信があったので応答した。

「坂木です」

『さすが錠也くん！』

大声が鼓膜に突き刺さり、僕はスマートフォンを耳から離した。

『これ、すごいよ！　マンションのエントランスのやつなんか、政田の顔が完璧に写ってるし最高だよ！』

政田宏明は芸歴二十年以上の大御所俳優だ。事前に間戸村さんから教えられたところによると、年下の奥さんは現在妊娠中。近ごろ政田は、現場仕事が終わると、運転手兼マネージャーを先に帰らせ、自宅のある杉並区とは別方面に車を走らせるようになった。

その情報を週刊誌記者である間戸村さんが摑んだ。何かあるに違いないと感じ、間戸村さんは二度ほど政田のあとを尾けようとしたのだが、いずれの場合もまかれてしまい、いつものように僕のところへ依頼が来たというわけだ。

『これどこ？　いますぐ行くから場所教えて』

「いったん切って現在地を送ります」

地図アプリで現在地を確認し、そのURLを送ると、すぐにまた着信があった。

『会社からタクシー乗って三十分くらいで着く。あ、上着っていくら？』

「二万六千円です」

実際は四千二百円だった。

『うっわ錠也くん、いいの着てるじゃん。俺、十九歳のときなんて五千円くらいの安物ばっか着てたよ。よし、いまタクシー乗ったからね』

運転手に行き先を指示する声。

「間戸村さん、僕、もう帰っていいですか」

『え、急いでんの？』

「いえ、でもどうせ三十分以内には政田も出てこないだろうし」

『ううん……もしかしたら出てくるかもしれないから、俺が行くまでいてくれない？』

「でも間戸村さん前に、退屈なことはしなくていいって」

『まあ……そうか、うんわかった』

二日後にいつもの場所でお金を受け取る約束をし、電話を切った。

スマートフォンをデニムのポケットに戻すと、キーが指先に触れた。バイクのキーでもアパートのキーでもない。それらといっしょにリングに通してある、小指ほどの長さの、古い銅製のキー。円柱の軸の先に、単純な形状の凸凹の歯がついている。何を開けるためのものなのかは知らない。オモチャみたいに安っぽいから、べつに何を開けるものでもないのかもしれない。わかっているのは、これが乳児院に預けられた僕の唯一の持ち物だったということだけだ。赤ん坊の僕は、このキーとともに乳児院に預けられ、二歳になると、埼玉県にある児童養護施設「青光園」に移された。もちろんその頃の記憶はなく、気がついたときには、僕は青光園で、このキーをいつもポケットに入れ、同年代から高校生まで二十人くらいの子供たちとともに暮らしていた。

右手をダウンジャケットの襟ぐりから差し入れ、左胸に触れる。心臓は相変わらずゆっくりと鼓動している。どんなに危険なことをしても、この心臓は鼓動を速めてくれない。持ち主が置かれている状況に興味さえ持っていないように、いつもこうして淡々と、低い心拍を刻みつづけている。

これは、僕みたいな人間が持つ特徴の一つらしい。

――錠也くんが何なのか、わたし知ってる。

僕が何者であるかを教えてくれたのは、大好きなひかりさんだった。

――錠也くんみたいな人はね。

青光園の園庭にあった、暗い遊具倉庫の中で、彼女はその呼称を教えてくれた。

――サイコパスっていうのよ。

（二）

「錠也くんもコーヒーでいい？」

「はい」

「じゃ、コーヒー二つお願い」

「ホットでよろし」

よろしいですと間戸村さんはウェイトレスの言葉を遮った。それに対する仕返しのつもりなのだろう、彼女は作り笑いであることを強調した笑顔を返してテーブルを離れていく。

「可愛い子だね、にこにこしてて」

冗談でもなさそうに言い、間戸村さんは電子煙草のスイッチを入れた。三ヶ月くらい前に本物の煙草から切り替えたのだが、ひと口吸うたび、すごく不味そうな顔をする。どうして不味いのに吸うのかは、訊いたことがないのでわからない。

「あ、そういえば、破れたってどこよ？」

僕はダウンジャケットの左袖を見せた。

「うわこれ、どんなふうにして破れたの？」

バイクで政田宏明を追いかけたときの様子を説明すると、間戸村さんは僕の目と口許に視線を細かく往復させながら聞き入った。話が終わると、電子煙草のことを思い出してニコチン入りの水蒸気を吸った。不味そうな顔をするかと思ったら、しなかった。

「……相変わらずすげえな錠也くん」

僕をもっとよく見ようというように、上体を引き、ゆっくりと視線を縦に動かす。

「よし、じゃ、まずこれ上着代ね」

差し出された封筒には二万六千円が入っていた。僕は中身だけを財布に移し、封筒はいらないので返した。間戸村さんはそれを受け取りながら、僕の「二万六千円」するダウンジャケットをもう一度見て、二秒くらい表情を止めたが、何も言わなかった。

「んで、ギャラなんだけどさ、上乗せさせてもらうことにしたから」

「でかかったんですか？」

間戸村さんはぐっと顎を引き、両目をみはって頷く。

「ばかでかい」

政田が入っていったマンションには、樫井亜弥が住んでいたのだという。

「いや、びびったね」

樫井亜弥は僕でも知っている若手女優だ。一つ前の朝ドラで準主役を演じ、同じく新人だった同年輩の主役女優よりも注目を浴びて、いまでは都市銀行から缶チューハイからコンタクトレンズから、いろいろなテレビCMに出ているし、電車の中でも街中でも、彼女が大写しになった広告をよく見かける。間戸村さんによると、来月からはじまるゴールデンタイムのドラマではとうとう主役に抜擢されたらしい。

「まあそれも、どうなるかわからないけどね。だって──」

「お待たせしました」

コーヒーが来た。

「そこ置いといて。これ、ミルク下げてくれる、邪魔だし」

「ご注文は以上でおそ」

おそろいですと間戸村さんがまた遮ると、今度は作り笑顔を見せつけるのも嫌になったのか、彼女は素早く背中を向けて立ち去った。

「で、樫井亜弥」

勢いをつけるように音を立ててコーヒーをすすってから、間戸村さんは息継ぎの少ない独特の喋り方で説明しはじめた。あの夜、僕との電話を切ってから三十分ほどで間戸村さんはマンションに到着し、それから二時間ほどすると政田が一人でエントランスから現れ──。

「それはとりあえずスルーしたのよ、ほら中の女に連絡されちゃうかもしれないから。いや、そんときはまだ女だって確信してたわけじゃないし、そこが樫井亜弥のマンションだってことも知らなかったんだけどさ、とにかく誰か女優でも歌手でも売れないアイドルでも何でもいいから出てきてくれって祈ってたの」

そうして朝まで祈っていたところ、

「いや震えたね。眼鏡と帽子で顔隠してたけど、細いし美人だし、やっぱし遠目でも目立ってさ、何秒か経ってから俺、わ、これすげえぞ樫井亜弥だぞって気づいて、突っ込んだわけ、取材したわけ。そんでこういうときのテクニックなんだけど単刀直入に、政田さんとはどういうご関係なんですかって訊いてやったらさ、顔真っ白にして固まっちゃって、もうこれイエスじゃん」

その後、間戸村さんは樫井亜弥にあれこれと訊ね、彼女は顔面蒼白のまま何も答えず、最後には震える声で「事務所を通してください」と呟いたのだという。この彼女の台詞を間戸村さんは、わざわざ物真似で披露した。

「これって要するに、白状だよ、自分はとんでもないことをしちゃいましたって言ってるようなもんだよ。だってこうだぜ」

もう一回真似をしてみせてから、間戸村さんは僕に向き直った。相手の反応に対する期待から、両目がどんどん広がっていき、やがて黒目のふちがぜんぶ見えるくらいまで大きくなり――急にまた細くなった。

「いつもながら、興奮のこの字も見せないね」

間戸村さんは僕より十五歳上の三十四歳だが、不規則な生活のせいか顔に皺が多い。

僕ほどではないけれど小柄で、そのくせひどくボリュームのある直毛が、頭からあふれるように伸びているので、もともと大きかった人が縮んだようにも見える。出版社の最大手である総芸社(そうげいしゃ)で「週刊総芸」の記者を五年つづけていて、一年ほど前から何度も大きなネタをものにしているスクープゲッターだ。そしてそのスクープのほとんどは、僕が協力して摑んだものだった。

　仕事の依頼をされるときは、いつも間戸村さんがＩＣレコーダーを回し、これこれこういう場所で何々の可能性があって、もしそれが確かめられれば金になるんだけどなあ、といった言い方で僕に話す。あとで何か問題が起きたとき、間戸村さんが僕に頼んだわけではなく、あくまで僕が勝手に動いたのだと言い逃れをするための策らしい。未成年を雇って危ない仕事をさせているのだから、そうした備えも必要なのはわかるけれど、そんな録音がじっさい役に立つのかどうかは知らない。たぶん役には立たないだろう。

　が、どのみち僕は、たとえ警察にあれこれ訊ねられるようなことがあっても、総芸社や間戸村さんの名前を出すつもりなんてなかった。単純に、自分にとって損だからだ。唯一の収入源であるこの仕事が、なくなってしまっては困る。

「ま、とにかく来週号に載るから楽しみにしてて、巻頭と特集ページでいくから」

　間戸村さんから仕事を依頼されるようになったきっかけは、青光園を出ると同時にはじめたバイク便だった。

　急ぎの資料や記録メディアの受け渡しなどで、出版社はよくバイク便を使う。間戸村さんも以前から、僕が働いていた「スピード太郎」にしばしば依頼をしていた。何度も配送を頼んでいるうちに、僕が担当したときだけ段違いに早く荷物が届くことに気づき、やがて指名で僕を使うようになった。大雨でも大雪でも、僕は素早く荷物を届けた。給料が歩合制だったし、何より自分がまともでいるために、それが必要だったからだ。あるとき総芸社の集荷所に荷物を取りに行ったら、間戸村さんが声をかけてきた。何でいつもあんなに早く配達できるのかと訊かれ、単に速く走っているのだと僕は答えた。

――でもさ、雨降ってたり雪降ってたりするときとか、怖くない？

怖いという感情を、僕は持ったことがない。

物心ついてからいままで、一度も。

間戸村さんの質問に、具体的に何と答えたのかは憶えていない。でも、あとで聞いたところによると、そのとき間戸村さんはこう思ったらしい。

――やばいなこいつって。

そして考えた。

――仕事を手伝ってもらえたら強力な武器になるなって。

間戸村さんはその場で僕に交渉を持ちかけた。けっこうなお金を払うから、車を尾行したり、どこかへ忍び込んだり、危ないことをやってくれる気はないかという、じつにダイレクトな交渉だった。僕は具体的な金額を訊ね、その答えを聞いて、悪くないと思った。その日の配送が終わったあと、僕はまた総芸社のビルに戻り、間戸村さんに教えてもらっていた携帯番号にかけた。間戸村さんはすぐにエレベーターで降りてきて、僕を近くの喫茶店に連れていった。いまいるこの店だ。以来、僕たちはここを打ち合わせやギャラの受け渡しに使っている。

間戸村さんに頼まれる仕事はいろいろだ。たとえば何らかの事実を確かめるためにどこかの建物へ忍び込んだり、誰かのあとをつけて写真を撮ったり。今回のように、撮影した写真がそのまま紙面に載るときもあれば、僕が手に入れた証拠をもとに間戸村さんが取材を進め、最終的な記事をつくるときもある。事前に、簡単な状況と、行くべき場所や撮るべき写真、確認すべきことなどについて間戸村さんがＩＣレコーダーを回しながら話し、僕は自分のやり方でそれを実行する。一番得意なのはバイクを使った追跡だけど、ほかにも、マンションの部屋に出入りする人間を撮影するため、隣のビルに飛び移ったり、サンタクロースみたいに排煙ダクトから入り込んで、ヤクザがらみの詐欺集団が借りているテナントに天井裏から聞き耳を立てたりもした。間戸村さんはそれらの情報によってスクープを手にし、僕はお金をもらえる上、この仕事をすることで、どうにかまともな状態を保っていられる。

「これギャラね」

間戸村さんが封筒を手渡し、僕は中身の八万円を財布に移した。基本の六万円と、今回はプラス二万円。いつも受け取っているお金が、間戸村さんのポケットマネーなのか会社の経費から出ているのかは知らない。でも、まさか会社ぐるみで未成年にこうした仕事をさせるとは考えにくいから、たぶんポケットマネーなのだろう。スクープ記事を書くと、会社から「スクープ料」というものが支払われるらしく、高いときにはそれだけで中堅サラリーマンの月収くらいになるというから、ポケットマネーだとしても間戸村さんの手元には充分な金額が残る。

「あそうだ錠也くん、薬」

僕が返した封筒を仕舞うついでに、間戸村さんはバッグから錠剤の箱を二つ取り出した。

「今回は、俺のおごりね」

「いいんですか」

「安いもんよ」

間戸村さんが登録している輸入代行の製薬通販サイトで定期的に買ってもらっている、抗鬱剤(こううつざい)のトリプタノールだった。本来は医者にしか処方できない薬剤だけど、そのサイトを使えば処方箋(しょほうせん)なしで海外から購入できる。僕は未成年なのでサイトに登録することができず、間戸村さんに話すと、かわりに買ってあげるよということで、いつもこうして頼んでいる。でも僕はべつにそうした病気に罹(かか)っているわけではない。僕がほしいのはトリプタノールが持つメインの作用ではなく、副作用——心拍数を上げるという副作用のほうだった。

「さ、て、と」

背もたれに身体を押しつけるようにして、間戸村さんが腕時計を見る。

「五時前か。錠也くん、たまにはいっしょに飯でも食う？」

「いえ、友達と待ち合わせがあるので」

間戸村さんの眉がふっと上がり、しかしすぐに下りた。僕の口から友達という言葉を聞いたのが初めてだったからかもしれない。僕自身、間戸村さんと出会ってからこの一年間、口にした憶えがない。

「んじゃ、またネタ摑んだら連絡するわ。しばらくちょっと、今回のやつがあれだから、かかりっきりになっちゃうかもしれないけど」

「連絡待ってます」

僕はショルダーバッグを摑んで席を離れようとしたが、

「そういえば、間戸村さん」

ふと思い立って振り返った。

「うん？」

「あの事件――」

「どの事件？」

「前に、記事を取り寄せてもらった――」

十九年前の冬、週刊誌に載った記事。

埼玉県で一人の妊婦が散弾銃で撃たれた事件。

「……いえ、いいです」

何か言いかける間戸村さんに一礼し、僕はショルダーバッグを斜めがけにして喫茶店を出た。新宿(しんじゅく)の裏路地では居酒屋が店を開けはじめ、ウィンドウには「忘年会」の文字が貼り出されている。真冬の日はもう暮れかけて、空のあちこちに伸び上がるビルは四角い光の集まりに変わろうとしていた。

（三）

自分の生い立ちを初めて知ったのは去年の春、青光園を出る直前のことだ。

それまで実際のところ、僕は自分の生い立ちに興味を持ったことさえなかった。どうせほかの子供と同じように親の暴力や育児放棄(ネグレクト)で引き離されたか、金銭的な理由で捨てられたのだろうと。だから、磯垣(いそがき)園長に駐輪場で話しかけられたとき、僕が知っていたのは、母親の名前が坂木逸美(いつみ)であるということくらいだった。

日が沈む、少し前。青光園の駐輪場で、僕がバイクのシートの破れ目を黒いガムテープでふさいでいると、背後から磯垣園長の声がした。

――面接、受かったんだってな。

振り返ったとき、園長先生は夕日を背負っていたせいで、顔が真っ暗だった。四角く尖(とが)った髪のかたちと、凸凹した耳と、その耳の上にある眼鏡の蔓(つる)のシルエットばかりがはっきりと見えた。

——お前に向いてる職場かもしれないけど……事故には気をつけろよ。危ない仕事だっていう話は、よく聞くから。

その日、以前に面接を受けていた都内のバイク便から採用の連絡があったのだ。それまでの三年間、僕は園長先生が紹介してくれた林業土木の会社でアルバイトをして高校の学費を稼いでいた。学費は年間四十万円ほど。それを払いつつ現金も貯め、高校二年生のときにバイクの免許を取り、三年生になるとヤマハWR250Rを中古で買った。オンロード車に匹敵するスピードが出せるオフロード車だ。売値が異様に安かったので、たぶん事故車なのだろうけど、見た目は綺麗だったし、故障もこれまで二度くらいしかしていない。

——気をつけます。

僕が言葉を返したあと、園長先生は黙ったまま、その場を動かなかった。僕はバイクに向き直ってシートの破れ目にガムテープを貼った。貼りながら考えた。園長先生は僕に何かを話しに来たらしい。それはきっと、自分の感傷を押しつける類のものだろう。青光園の中で、僕はずっと特別な子供だった。先生たちはみんな、僕がようやく園を出ることになって安心している。その安心を、懐かしさのようなものにすり替えて、僕に押しつけに来たに違いない。

という予想は、しかし外れた。

――俺も児童養護施設で育ったっていう話は、したことがあるよな。

用意していた言葉を口にする調子で、園長先生は切り出した。

あれは小学二年生の冬だったか、食堂で鍋パーティをやっているときに聞いたことがあった。園長先生も僕たちと同じように児童養護施設で子供時代を過ごしたらしい。茨城県にあるその施設で、先生は小学生から高校生までを過ごした。その暮らしの中で、いつか自分も同じような施設をひらくことを夢見るようになった。そしてその夢を大人になって実現させ、青光園をつくったのだという。園長先生が青光園をひらいたとき、最初に引き取った子供が、乳児院にいた二歳の僕だった。

――俺が育った、茨城県のその施設に――。

短く言いよどんだあと、いきなり話が意外な方向に進んだ。

――お前のお母さんもいたんだ。

僕はガムテープをシートに置き、立ち上がって園長先生に身体を向けた。小柄なせいで、立ち上がってもまだ相手の顔を見上げる恰好だった。先生が背負っていた夕日も、相変わらず相手の顔の向こうにあった。

――お前のお母さんも、俺と同じ施設で育った。

母も児童養護施設で育ったという事実自体は、別段驚くべきことではなかった。シセツの子の親に、シセツの出が多いというのは、僕たちのあいだではごく一般的な常識だ。不利が不利を呼び、あきらめがあきらめを呼ぶ袋小路の中にいることを、僕たちは知っている。それよりも、母と幼馴染(おさななじみ)だったことを、どうして園長先生はいままで黙っていたのか。

――お前が……錠也が、事実を受け入れられる歳になるのを、待とうと思ってな。

そう言われても、まだよくわからなかった。

――いまから言うことは、誰にも話したことがない。戸越(とごし)先生でさえ知らない。戸越先生は青光園が一番最初に雇った職員で、そのとき五十代半ばだったから、いまも五十代半ばだろう。

――これは、お前にとってはとても哀しい話かもしれない。でも、いずれはきっと知ることになる。どんなかたちで知るとしても、俺の口から先に話しておいたほうがいいと思ってな。

そんな前置きをしてから、ようやく園長先生は話をはじめた。

親の事情で、園長先生は小学五年生のとき、その児童養護施設に預けられた。僕の母が入園してきたのは、そのすぐあとのことだったという。

――当時、お前のお母さんは四歳で、みんな、いっちゃん、いっちゃんって呼んで、可愛がってた。

母が施設に預けられたのは、母の両親、つまり僕の祖父母が、螺子(ねじ)工場の経営に失敗して無一文になったのが理由だったという。母が預けられたすぐあと、祖父母の乗った軽トラックが茨城県の鹿島港(かしまこう)に沈んでいるのが見つかった。夫婦仲良く自殺したらしい。

――俺はその話を、いっちゃんから聞いたんだ。お父さんとお母さんの葬式で、遠縁の人が話してるのを耳にして、自分で理解したみたいでな。

かしこい子だったから、と園長先生が言ったとき、その口調から僕は、母はもう生きていないのかもしれないと思った。

その予想は結果的に当たっていたけれど、死にかたに関しては予想外だった。

――俺は十八歳にその児童養護施設を出た。昼間は建設会社で働きながら、将来、児童養護施設をひらくための資金をつくって、夜は勉強をつづけた。でも、ときどき茨城の施設に電話をかけたり、遊びに行ったりして、いっちゃんとは仲良くしていたんだ。

母は里親を希望していたが、恵まれず、園長先生と同じく十八歳までその施設にいた。その後、職員のつてで、埼玉県の観光地にある割烹料理店で仲居として働きはじめた。

――その頃から、いっちゃんと連絡を取り合うことはあまりなくなったんだが、ここを、この青光園をつくるための準備をようやく整えたとき、久しぶりに連絡を取ろうと思ったんだ。施設で暮らしていた頃のことを、いっちゃんにいろいろと訊いてみたくてな。同じ施設にいたとはいえ、男と女では、やっぱり違うところもあっただろうから。

以前に母から聞いていた割烹料理店に、先生は電話をかけてみた。秋の終わりのことだったという。しかし電話は通じなかった。後日そこへ行ってみると、店はつぶれて雑草の中に放置されていた。近くの飲食店に足を向け、割烹料理店のことを訊ねたところ、つぶれたのは半年も前だという。そこで仲居をやっていた坂木逸美という女性のことも訊いてみたけれど、誰も知らなかった。先生は近くの店を片っ端から回ってみた。

——何軒目かに入った小料理屋に、いっちゃんの居場所を知ってる人がいた。

先生はすぐに、教えられた場所へと向かった。

そこは夜から明け方までやっているパブで、母はお酒をつくったり、客の話し相手になったりして働いていた。店の中は綺麗ではなく、煙草の煙でいっぱいで、母も働きながら煙草を吸い、お酒を飲んでいた。

——酒も煙草も、なんだか、無理にやってるように見えた。

先生が店に入ったときは、ヤクザみたいな、柄の悪い客が何人かいて、母がその店で使っていた名前を呼び捨てにしながら、母に煙草の箱とライターを放（ほう）ったり、母のグラスに勝手にウィスキーを入れたりしていたのだという。

やがてその客が帰ったので、先生は母と話をすることができた。

——店のすぐそばにある、安アパートで暮らしていると言っていた。そのアパートの大家さんが、パブのオーナーだったらしい。

以前に働いていた割烹料理店がつぶれたとき、母は住んでいたアパートの家賃を払うことができなくなり、新しい働き口を探した。しかしなかなか見つからず、最終的に受け入れてもらえたのが、その店だった。オーナーが所有するアパートで暮らすのが、従業員として使ってもらうための条件で、そのかわり保証人なしで入居することができたのだという。

——働きはじめて三ヶ月だと言っていたけれど、あの店の環境は、とてもじゃないがいいとは言えなかった。いっちゃんには、そんな場所で働いていてほしくなかった。でも、先生には口を出す権利なんてないから、何も言えなくてな。

しかし。

——帰り際、いっちゃんが店の外まで送りに出てくれたとき——。

お腹に子供がいることを知らされた。

——五ヶ月だって言うんだ。ゆったりしたブラウスを着てたから、打ち明けられるまでまったく気づかなかった。

それを聞くと、先生はさすがに黙っていられなかった。お腹に赤ちゃんがいるのなら、お酒も煙草も絶対に駄目だと叱った。しかし母は、断ると怒り出す客が多いから、やめるのは無理だと言う。それに加え、お酒に関しては、自分のグラスに注がれたぶんは自分の売り上げにもなり、出産と子育てのためのお金をつくらなければいけないから、仕方がないのだと。

子供の父親のことを、先生は訊いた。

——でも、いっちゃんは教えてくれなかった。

そう言ったとき、園長先生の後ろで、青光園の屋根に夕日が沈んだ。夕日は屋根の向こうに隠れる直前、わっと赤く光って、それからすぐに、しぼんで消えた。消えてから、むしろ園長先生の顔つきがよく見えるようになった。薄闇の中で、先生の目は真っ直ぐ僕に向けられていた。真剣というよりも、冷静な目だった。自分が話していることを、相手が疑いなく受け入れているかどうかを確認している目だった。

物心ついたときから僕は、人の表情を読むことができた。相手が子供でも大人でも、本当のことを喋っているのかどうか、話を鵜呑みにしたら自分が損をするかどうかを感じることができた。だから僕は、あのとき園長先生の中に何かの嘘が含まれていることに気づいていた。

――で、どうなったんです？

僕が話の先を促したとき、園長先生の目に一瞬だけ、安堵のような表情が浮かんだ。そのことで僕は自分の考えが正しかったことを知った。でも、何も訊かなかった。先生の嘘が何だったとしても、それを知ったら損をするという予感があったからだ。僕はいつもその予感に従ってきた。

――俺はいっちゃんのために、できるかぎりのことをしたいと思ったし、実際にした。もちろん充分ではなかったけど、できることはぜんぶ。

園長先生は、児童養護施設の開業資金として用意していたお金の一部を、生活費に充ててほしいといって振り込み、母の新しい働き口がないか、住む場所はないかと、あれこれ探し回ったりもした。しかし、上手く見つけることはできなかった。先生自身も、当時働いていた建設会社に退職の話をしたあとだったし、ほかにもいろいろと見切り発車で進めてしまっていたので、金銭的にも精神的にも余裕がなかった。青光園と名付けるつもりの施設が、行政から児童養護施設の指定を受けられるかどうかさえ、まだわかっていなかった。

——でも、上手く指定をもらえて、開業までこぎつけることができたら、そのときはいっちゃんを職員として招こうと考えていたんだ。

もし本当にそうなっていたら、母の人生も、僕の人生も、ずいぶん違うものになっていたに違いない。母に関して言えば、そもそも人生の長さ自体が大きく変わっていたことになる。しかし、先生が児童養護施設の開業に奔走しているあいだに、

——事件が起きた。

以前、間戸村さんに頼んで記事を取り寄せてもらった、あの事件だ。

いまから十九年前の十二月夕刻。母が働いていたパブ「フランチェスカ」に、散弾銃を持った三十代後半の男が押し入った。散弾銃は、男の父親が鹿猟に使っていたもので、そのとき店内にいたのは、開店準備のために来ていた母一人だった。男は母に、店の現金を出すよう言った。現金は置いていないと、母は答えた。しかし実際には、店長をつとめる女性が前夜の売り上げ金を家に持ち帰っていなかったので、カウンターの内側の棚に、かなりの額の現金があった。それを嗅ぎ取ったのか、男はカウンターの中に入り込み、そこらじゅうを荒らしはじめた。

母はそれを止めた。

——店のお金というよりも、いっちゃんは、自分自身の生活資金や出産費用のことを

考えていたんだと思う。店のお金がなくなってしまったら、自分に支払われるはずの給料もなくなってしまうかもしれないから。

まさか男が何のためらいもなく銃の引き金を引くとは思っていなかったのだろう。男が発砲した瞬間、母は咄嗟に身をひるがえして直撃をまぬがれたが、飛び散ったいくつもの散弾がその身体をえぐった。

銃声を聞きつけ、近所の農家の男性が店を覗いたとき、床に倒れ込んだ血まみれの母を前に、男はじっと立ち尽くしていた。その男性が一一〇番し、警察官が駆けつけたときも、まだ立ち尽くしていた。

男はすぐに逮捕された。

田子庸平という無職の男で、十代後半に強盗致傷の前科があった。

――いっちゃんは、意識不明の状態で病院に運ばれた。

妊娠八ヶ月の母は散弾の摘出手術を受けた。しかし、斜め後ろから受けた散弾のいくつかが脊髄や腰椎のすぐそばに埋まっていたため、すべてを摘出することができず、数個の散弾を母の身体に残したまま、医師は手術を終えるしかなかった。手術後、母は一時的に意識を取り戻し、警察や医者や園長先生と会話を交わしたものの、また容態が悪化し、ふたたび意識不明となった。

――すぐに、帝王切開で、お前が取り出された。でもいっちゃんは、そのまま意識を取り戻すことなく病院で死んだ。

それから二年ほどして、園長先生は青光園をひらいた。

――最初に引き取った子供が、乳児院に入れられていたお前だった。

先生の話はそこで終わった。

パブ「フランチェスカ」での事件は、それほど世間の注目を集める出来事ではなかったらしい。間戸村さんが見つけてくれた第一報からしてほんの小さなものだったし、その後に政界や芸能界で大きな出来事がつづいたせいで、続報もほとんどなかった。埼玉県の小さな酒場で起きた出来事は、そうしてすぐに世間から忘れ去られた。犯人の田子庸平が現在どこで何をしているのかも、わからない。

このままわからないのが、きっと一番いいのだろう。

ひかりさんが教えてくれたおかげで、僕は自分が何者であるかを知っている。もし田子庸平という男の所在を知ってしまったら、きっと僕はそこへ行く。行って、仇（かたき）を取る。殺された母の仇じゃない。顔も憶えていない母親に、いまも昔も僕は、はっきり言って何の感情も抱いていない。園長先生に教えられた母の人生が、どんなに惨めであっても、母がどんなに可哀想な人だったとしても、それは変わらない。僕が取ろうとするのは自分自身の仇だ。園長先生の話を聞きながら僕が抱いたのは、あったかもしれないもう一つの人生を、この僕から奪い去った男への恨みだ。いまの人生と、どちらがより良かったか、どちらがよりまともだったかなんて関係ない。

僕は自分から何かを奪う人間を許さない。

（四）

うどんとの待ち合わせは六時に大宮駅（おおみやえき）だった。

新宿からだとバイクで三十分もあれば着くので、早めに大宮へ移動し、待ち合わせの前に駅の近くで新しい上着を買うつもりだった。会うのは、うどんが僕より一年早く青光園を出て以来なので、二年九ヶ月ぶりだ。袖の破れたダウンジャケットで登場するわけにはいかない。

暮れかけた新宿の街を、バイクを停めてきた場所まで歩く。あの喫茶店で間戸村さんと会うときは、必ずそこに停めている。新宿御苑（ぎょえん）の近く、歩道が広くなったところにイチョウの木が一本とベンチが二つ並んでいて、そのイチョウとベンチを囲い込むように、いつも自転車やバイクがやたらと置かれている場所だ。まるでそこだけ警察の目から見えていないように、常に停め放題の状態で――。

「……何してるの？」

茶色い髪を噴水みたいなかたちに固めた男に、僕は声をかけた。

出勤前のホストだろうか。ノーネクタイの白シャツに黒いスーツ。どうして声をかけたかというと、彼が僕のバイクを蹴飛（けと）ばしていたからだ。一回でなく二回。二回目のキックで、僕のヤマハＷＲ２５０Ｒは植え込みのほうへ倒れ、左のハンドルの先端が、イチョウの幹に縦線を引いて食い込んでいた。

男はまず目だけをこちらに向け、僕の風貌(ふうぼう)を確認すると、今度は全身で向き直った。僕よりも二十センチくらい背が高い。表情はわざとのように不機嫌そうで、目つきは攻撃的で、口は半びらき。口のかたちをそのままに、男は「あ？」と、頭の悪そうな声を発した。店のおつかいで買い物にでも出てきたのか、お酒のボトルが二本入ったレジ袋を提げている。茶色い瓶なので、ウィスキーかブランデーだろうけど、僕にはよくわからない。

「それ、僕のバイクだよ」

「んだてめ」

「傷ついたから、弁償して」

男は上瞼(うわまぶた)を引き上げるようにして両目を広げ、下顎を突き出して「おぁ」と呼びかけながら僕に近づいてきた。

「場所考えて停めろぁ」

「何で僕のバイクを蹴ってたの？」

「おめえのバイクが俺の袋にぶつかったんだよ」

よく見ると、たしかに男が持っているレジ袋には横に短く破れた傷がある。

「その袋が僕のバイクにぶつかったんだよね」

「んだてめ」

さっきと同じことを言いながら、男は僕の胸に手を伸ばしてダウンジャケットの生地を掴み、それを巻き込みながら拳を裏返して引き寄せた。引き寄せられながら僕はスマートフォンを出して時刻を確認した。いまここで少しくらい時間を使っても、まだ大宮で上着を買う余裕はありそうだ。脇に目をやると、古くて小さなビルが建っている。両びらきのガラスドアの向こうは薄暗くてよく見えない。でも、そこに人がいないことはわかった。管理人室のようなものもなさそうだ。胸ぐらを掴む男の手が疲れ、力が緩むのを、僕は待った。十秒ほど待つと緩んだので、男がぶら下げているレジ袋から酒瓶を一本抜き出し、そのままビルまで移動してガラスドアの中に入った。そんな動きをまったく予想していなかったようで、男は一瞬遅れて、何か喚きながら追いかけてきた。男がビルのガラスドアを開けて入ってくるのと同時に、僕は右手に握った酒瓶を振り抜いた。男の顔面が横向きに吹き飛び、全身がぐるんと回転して床でねじれ、そのまま動かなくなった。いや痙攣しはじめた。機械の歯車が一ヶ所ずれているように、がくがくと全身が震え、咽喉の奥から壊れた笛のような音が断続的に洩れて、狭いエントランスに反響した。やがて男は手足の感覚を少し取り戻したらしく、自分の顔面を両手で掴みながら、むやみに足をばたつかせはじめた。目だけはぐるんと僕に向けられて、そこにみるみる細かい血管が浮き出していく。フローリングの上でチワワが走ろうとしているように、革靴は床のコンクリートをこするばかりで、口の中からは血がどんどんあふれ、指のあいだからこぼれて床を濡らす。――そのとき、無意味に暴れていた足がやっと床を捉え、男は急に跳ね起きた。壁際に設置された郵便受けに顔面を激突させたあと、関節が蝶番でできているように、そのままぎくしゃくと壁のそばで変な動きをつづけ、またずるずると床に沈み込む。僕が手のひらを上に向けて差し出すと、男は顔を覆った指のあいだから、闘牛みたいに瞼がめくれあがった両目を覗かせて僕を見た。

「バイクの修理代」

　吐息に合わせ、はい、はい、はい、はい、とかすれた声が洩れてくる。

「三万円くらいでいいよ」

　男が動かなかったので、僕は右足を持ち上げて力いっぱい振り下ろした。男の片手が顔から剝がれ、ブーツと床のあいだでつぶれた。男の咽喉から初めて絶叫が飛び出した。長い絶叫だった。口だけでなく目も叫んでいた。

「急いでるから早くして。もしお金が足りなかったら、あるだけでもいいし」

　男はつぶれていないほうの手をお尻に回し、ポケットにささっていた長財布を、そこに喰らいついた生き物を引き剝がすように抜き出した。ぶるぶる震える手で、それを僕に差し出す。中を見てみると、二万三千円しか入っていなかった。僕はそれを自分の財布に移し、持っていた酒瓶を男のレジ袋に戻した。

　ビルを出て、倒れたバイクを起こす。曲がってしまったミラーの角度を直し、シートにまたがってイグニッションキーを挿す。時間を確認すると、二分しか経っていなかったので、うどんとの待ち合わせの前に、新しい上着を買う余裕はまだ充分にあった。でも大宮駅周辺の店はよく知らないから、なるべく急いだほうがいいだろう。僕はバイクのエンジンをかけ、車道を走る車のあいだに滑り込んだ。

うどんから連絡があったのは、ゆうべのことだ。

ちょうど僕は、チキンラーメンに生卵とお湯を入れ、スマートフォンで三分のタイマーをセットしたあとだった。そのスマートフォンに着信があり、間戸村さんかなと思ったら、ディスプレイに表示されていたのは《うどん》だった。僕がスマートフォンを使いはじめたのは青光園を出たときのことで、バイク便の仕事に必要なので仕方なく買った。そのときついでに、以前にうどんから聞いていた電話番号を登録したのだけど、電話が来たのは初めてだ。

——錠也か？

——うん、久しぶり。

これまで連絡せずにいたことを、まずうどんは謝った。

——とにかく忙しくてな。

うどんは僕より一年早く青光園を出たあと、磯垣園長が斡旋（あっせん）した中古車販売のチェーン店「カー・ドンキー」で営業の仕事に就いた。いまもやっているのかと訊くと、やっているという。

——俺けっこう成績よくて、月によっては店舗で一番になることもあるんだ。

——うどん、そういうの向いてたんだね。

――どうかな。運もあるだろうし。

三分のタイマーが終了し、耳元でスマートフォンが鳴った。僕はタイマーを止め、電話機を肩と耳で挟みながらチキンラーメンの麺を箸でほぐした。電話しながら食べようと思ったのだけど、けっきょくそのチキンラーメンは、うどんとの電話が終わってから食べることになった。それほど長い電話ではなかったので、麺も大してぶよぶよになってはいなかったが、味がほとんどしなかった。電話の内容が気になって仕方がなかったからだ。

――錠也は、いま一人暮らしか？

――そう。そっちは？

――園を出てすぐ引っ越したとこに、そのまま住んでる。

――やっぱり一人で？

うどんは短く黙ったあと、父親といっしょに暮らしていると答えた。僕は麺をほぐす箸を止めた。

――出てきたんだ？

――出てきた。それで、いまアパートで二人暮らししてる。ちょうど二週間。はじめは池袋のラブホテル街で、寝泊まりしてたらしいんだけど。

――お父さん？

――うん。ああいうとこ、昼間はすごい安い値段で使えるらしいんだ。池袋に、とくに安いとこがあったみたいで、お父さん、そこで昼間に寝て、夜は外でうろうろして、しばらくそんなふうにしてたんだけど、お金がなくなってスーパーで万引きして、警察に捕まって。

警察が親戚に連絡し、その親戚がうどんの電話番号を教え、うどんはスーパーまで父親を引き取りに行き、それからいっしょに暮らしているのだという。

——電話したのは、そのお父さんのことでな。

と言われても、まったく見当がつかなかった。

——どんなこと？

しかし、うどんは答えなかった。

——直接会って、話したい。

というわけで、今日の六時に大宮駅の東口で待ち合わせることになった。

大宮は、うどんが就職した中古車販売店がある街だ。

（五）

埼玉方面の道は思ったよりも混んでいた。

信号待ちでいったんバイクを降り、後ろに回ってナンバープレートを折り上げた。プレートはかちかちと音を立てながら収納され、すっかり見えなくなった。商品名は忘れてしまったけど、インターネットで三千八百円を払って買ったキットで、簡単にナンバーを隠せて便利だった。間戸村さんから引き受けた仕事をこなすときも、こうして折りたたむようにしている。

信号を無視して大通りを飛ばしながら、僕は青光園での生活を思い出していた。

忘れがたい最初の記憶は、初めてヒーローになった、五歳のときの出来事だ。青光園の職員に、キリカワという男の先生がいた。熱血という言葉から想像する人物像に、あとから自分を嵌め込んだような、わざとらしい厳しさを発揮する人だった。煙草くさい息を吐きかけながら、キリカワ先生はいつも僕たちを怒鳴り、叩き、叩いた手のほうが痛いと意味不明のことを言いながら涙ぐみ、最後にはいつも自分だけ爽快な顔つきになって笑った。

キリカワ先生は誰も見ていないところで僕たちを怒鳴ったり叩いたりしたから、磯垣園長もほかの先生たちも気づいていなかった。あるとき中学生の何人かが、キリカワ先生のことを園長先生に言いつけようと相談をまとめ、ほかのみんなも同意したけれど、実行する前に高校生たちに止められた。いまよりももっとひどいことをされる可能性があるというのが理由だった。あきらめることには誰もが慣れていたので、けっきょく全員、その意見に頷いた。そうして毎日キリカワ先生を怖がりながら、みんな濡れた埃みたいなものを胸の底にびちょびちょため込んでいた。みんなというのは僕以外のことだ。

僕は、その濡れた埃みたいなものが、青光園で暮らす子供たちの喉元いっぱいまで詰め込まれるのを待っていた。キリカワ先生に仕返しをするタイミングは、そのときが一番いいと思ったからだ。

そのタイミングは、ある夏の昼にやってきた。

僕よりも一歳上の、六歳の男の子がいた。後に運良く里親にもらわれていったので、名前は憶えていない。くるくるパーマで、肌が紙みたいに白くて、すごく痩せた男の子だった。あの日の午後、その子が投げたフリスビーが、駐車場に停めてあったキリカワ先生の車にぶつかった。白い跡が残った。それをたまたまキリカワ先生が見ていた。先生は男の子を園舎の脇に連れて行き、ものを大切にする気持ちを教えたあと、頭を強くはたいた。頭は勢いよく横倒しになったけれど、男の子は細い両足を踏ん張って、動かなかった。そして、しばらく頭をぐらぐらさせていたかと思うと、まだ少し傾いだ位置で、ぴたっと静止させた。両目がキリカワ先生を睨んでいた。強い目だった。心配して覗きに来た何人かの子供たちがそれを見ていて、僕も少し離れた場所から二人を眺めていた。

睨みつける男の子に、キリカワ先生が低い声で何か言った。男の子は言葉を返さず、刺すような、ぜんぶの思いを込めた目で、キリカワ先生を睨みつづけた。声は発しなかったけど、それは怖いからではなく、たくさんの言葉がいっぺんにこみ上げて、咽喉に詰まっているからだとわかった。キリカワ先生はまた何か言いながら片手を持ち上げて、男の子の肩に置いた。右利きなのに左手を置いていたし、そのあとキリカワ先生が少し膝を曲げたので、つぎに何が起きるかがわかった。予想は当たり、キリカワ先生は右手を握って男の子の腹に打ち込んだ。男の子の身体がくの字になり、にごった息のかたまりが口から飛び出した。両足の膝から下が消えたみたいに、身体ががくんと下へ移動し、つぎの瞬間、男の子はびゅっとげろを吐いた。

げろを片付けろと、キリカワ先生は男の子に言った。もう少しくらい抵抗するかと思ったけど、そうはならなかった。げろといっしょに気持ちも出ていってしまったように、男の子は言いつけに従った。たぶんぞうきんを取りに行こうとしたのだろう、ふらふらと園舎のほうに歩きかけ、しかしキリカワ先生が、自分の手でやれと命じた。

男の子が両手で自分のげろを地面から少しずつすくい、園舎の脇にある水道まで運んで流し、また戻ってきてすくうのを、みんなで眺めていた。そうしながら僕は、その夜が、夏に恒例の「花火ナイト」だったことを思い出し、ずっと待っていたタイミングがようやく来たと思った。

夕食後、先生も子供たちもみんな園庭に集まった。

用意されていた花火セットは六袋だった。みんながバケツに水を汲みに行ったり、蚊取り線香に火をつけたりしているとき、僕は花火セットを一袋、Tシャツの腹に入れ、トイレに行くと言ってその場を離れた。誰もいない園舎の中で袋を取り出してみると、入っていたのは手持ち花火が三十本くらいと、打ち上げ花火が三本だった。僕はトイレの中で便座の蓋にトイレットペーパーを敷き、花火の紙をむいて火薬を取り出した。ぜんぶの花火から火薬を出し終え、トイレットペーパーで包んで丸めたら、ゴルフボールよりも大きくなった。

火薬団子を手に、僕は職員室へ移動してキリカワ先生の鞄を探った。車のキーを見つけ、窓から駐車場に出て車のドアを開け、灰皿を引き出して火薬団子を奥に詰め込んだ。そして鞄にキーを戻し、園庭でみんなといっしょに夏の花火を楽しんだ。花火セットが一つ足りないことには誰も気づかなかった。

小学生未満の子供たちの消灯時間は八時だった。

二段ベッドの上の段で目をつぶり、暇つぶしに瞼の内側で目玉をぐりぐり動かしていると、遠くで叫び声が聞こえた。声はこもっていて、タッパーの中で小人が叫んだみたいだった。僕は身を起こし、腕を伸ばしてカーテンをちょっとめくってみた。三角形の夜の中で、駐車場に停められた車の運転席が明るく光り、中からキリカワ先生が飛び出してきた。着ているTシャツが豪快に燃え上がっていた。そのときキリカワ先生はすでに全身が真っ黒こげになっているように見えたけれど、死にはしなかったことが翌朝わかったので、あれはたぶん、火の中のシルエットがそんなふうに見えただけだったのだろう。

翌朝、僕たちは講堂に集められた。講堂といっても十畳間くらいで、いつもぎゅうぎゅう詰めだった。部屋は暑く、僕は普段あまり汗をかかない体質だったので、そうして夏場に講堂に集められると必ず背中がかゆくなった。

目の下に隈をつくった園長先生が前に立ち、声というよりも、咽喉が低く鳴っているような音で説明したところによると、キリカワ先生は救急車で病院へ運ばれ、そのまま入院し、いつ戻ってくるかはわからないとのことだった。

——犯人捜しはしたくない。でも、自分が関係しているという自覚がある人は、いまここで手を挙げてほしい。

もちろん当時は矛盾なんて言葉は知らなかったけれど、園長先生はひどく矛盾したことを言い、僕が手を挙げると、眼鏡の向こうで目玉を二倍くらいにふくらませた。

突然、園の中で小さな毒虫が発見された。でもそれを殺すことも追い出すこともできない。だからみんなで慎重に観察するしかない。きっとそんな結論だったのだろう。その日から先生たちは、僕から目を離さなくなった。勉強の時間も食事どきも、自由時間も自習時間も、僕は自分がいつも大人たちの視界の中にいるのがわかった。キリカワ先生はけっきょく青光園には戻ってこず、別の施設で働くことになったらしいが、本当かどうかは知らない。

いっぽう、子供たちのあいだで僕はヒーローになっていた。同年代の子供たちはいつも僕のまわりに集まり、年上の子供たちは僕を可愛がった。そうすることで、たぶんみんな、毒虫と仲良しであることを自慢に思ったり、それをペットにしている危険な自分みたいなものを楽しんでいた。僕は気持ちがよかったので、先生たちの視線をすり抜けて、さらにいろいろやってみた。雪が積もったときには、園庭の隅に生えていた桜の木にビニール紐を結び、五十メートルくらい伸ばしたあと、倉庫から回転式の草刈り機を持ってきた。刃を取り外し、かわりにビニール紐の端をくくりつけ、僕はそれを抱えてそりに乗り込んだ。草刈り機のエンジンをかけると、モーターが猛烈な速さでビニール紐を巻き込みはじめた。そうして一直線に雪の上を走っていく僕を見て、みんな甲高い声を上げて喜んだ。園長先生の軽自動車を見よう見まねで運転したこともあった。座席に座ってしまうと前が見えなかったので、立ったまま上手くアクセルを踏まなければならなかったけれど、戸越先生が前に立ちはだかって決死の覚悟で車を止めるまでに、園庭いっぱいに綺麗な円を描けるまで運転が上達した。でも、そんなふうに悪さばかりしていたわけじゃない。遊具倉庫の屋根の隙間で、スズメバチが巨大な巣をつくっているのが見つかったときは、雨樋をよじ登ってそこまで行き、両手で巣を掴んだまま飛び降りた。それを道路に向かって放り投げると、巣は園庭のフェンスを越えて路面に転がり、まじり合ったお経みたいな羽音が一気にあたりに広がった。先生たちはすぐさま子供たちを園舎に引っ張り込み、急いでどこかへ連絡した。三十分くらいすると、業者の人たちが集団で巣を片付けに来た。その人たちの装備が大仰だったおかげで、年下の子供も年上の子供も、いっそう僕に賞賛の目を向けた。

——こわくないの？

そう訊いたのは、ひかりさんだった。

怖いというのがどういうことか、僕にはわからなかった。その感情は、ただ知識として知っているだけで、身をもって体験したことがなかったし、いまもない。首を横に振る僕を、三歳年上のひかりさんは、眼鏡の向こうから不思議そうに見た。知らない生き物を眺めるような目だった。

六歳の春が来ると、青光園から小学校に通うようになった。僕は自分が、勉強がよくできることに気づいた。青光園では同級生が僕のところへ宿題の答えを訊きに来た。

僕は園内での自分の位置づけに充分な満足をおぼえていたので、学校では敢えて何もせず、休み時間になるといつも机に顔をふせて、木のにおいをかぎながら頭と身体を休めていた。親がいないことをからかわれたりもしたし、何をどう勘違いしたのか「山の子」と呼ばれたり、ちょっとものを知っているクラスメイトに「ゼーキンで暮らしてる」と言われもしたけれど、特別であると感じることはむしろ僕の気分をよくさせたので、言うがままにさせておいた。そんなふうに過ごしていたせいか、三年生の秋頃からは誰にも話しかけられなくなり、やがてそれは意図的な無視に変わった。相手にしないことと相手にされないことはずいぶん違い、僕は身体中が不快感でいっぱいになり、無視をした相手の持ち物を壊すことにした。目の前で鉛筆をぜんぶ折られたり、教科書を二つに裂かれたり、Tシャツの胸を大きく破かれたクラスメイトたちは、いちいちそれを担任に報告し、担任はそれを青光園に報告した。そのたび園長先生や戸越先生が職員室に来て謝り、僕はもうしませんと約束し、やがてそれも流れ作業みたいになってきて、面白くなくなってしまったので、また何もしなくなった。

（六）

大宮駅のロータリーが見えてきた。

駅前にバイクを停め、近くにあったBEAMSでダウンジャケットを買った。袖を破いてしまったやつをとても気に入っていたので、できるだけ似たやつを選んだ。セール品だったので、税込で一万二千九百八十円。レジの店員にダウンジャケットの値札を取ってもらい、その場で着替えて、古いほうはショルダーバッグに詰め込んだ。

大宮駅の東口改札に着いたのは五時四十八分だった。

まだ待ち合わせまで時間があったので、僕は駅のトイレに入り、水道水でトリプタノールを三錠服(の)んだ。手の甲で口を拭(ぬぐ)いながら顔を上げると、会社員の帰宅時間らしく、鏡の中にはスーツ姿の男の人がたくさんいた。僕のすぐ後ろに、会社の中では偉そうな、五十代半ばくらいの男の人が立ち、水道を使う順番を待っていた。僕がトリプタノールの箱をバッグに戻していると、わざと聞こえるような舌打ちをされたので、すみませんと謝ってトイレを出た。

迫間順平(はざまじゅんぺい)が入園してきたのは、僕が中学一年生のときだった。

僕よりも一つ年上で、いったい何を食べたらそうなるのかと不思議に思うほど筋肉質で、怒り肩で、でかい頭は胴体から直接はえているように見えたし、背は僕の倍くらいあるのではないかと思えた。肩幅は三倍くらいあった。

園で暮らす中学生の中に、迫間順平のことをもともと知っている女の子がいた。彼女によると、彼にはたくさんの武勇伝があった。これまでケンカで負けたことがなく、一度など、自分の友達を殴った高校生の家まで行き、相手を叩きのめしたこともあるのだという。しかし、そんなエピソードからはとても想像できないくらい、迫間順平の性格は温厚で、年上には気を遣うし、年下の面倒見もよかった。僕がまだ経験していなかった変声期の真っ最中で、声は電波の悪いラジオのようにときどきかすれて消えた。その独特な感じがまた、人の耳を引きつけた。彼はたちまち園の人気者になった。自分への崇拝がだんだんとしぼみ、迫間順平のほうに吸い取られていくのが目に見えるようで、僕は嫌だった。

冬の夕暮れ前、園庭で焼き芋パーティがひらかれた。僕はホイルに包まれた芋を火ばさみで挟み、炭火の中に突っ込んでタイミングを待った。しばらくすると、園長先生が、内容は忘れてしまったけれど何か冗談をやってみせた。その場にいた全員の視線がそこに集まった。僕は火ばさみで挟んだ焼き芋を火の中から取り出し、迫間順平の顔に押しつけた。彼は驚いてそれを腕で弾き飛ばし、焼き芋は地面に転がった。みんなが一斉にこっちを見た。僕は信じられないほど不当なことをされたという顔をしてみせたあと、迫間順平に向かっていった。彼はさすがに応戦した。

ケンカは力と力の勝負だと思い込んでいる人が多いけど、間違っている。実際の勝敗は、ためらいなく相手を傷つけられるかどうかの一点にかかっている。先生たちが止めに入るまでのあいだに、僕は地面の砂を握って迫間順平の目に突っ込み、右手に持ったままの火ばさみを、彼の側頭部に振り抜いた。頭を弾き飛ばされながらも、彼は僕のほうに腕を伸ばしてきた。僕はそれを抱え込み、人差し指と中指をまとめて摑んで反対側に折ろうとしたが、そのとき先生たちが何人かで僕の全身を押さえつけた。

　僕が焼き芋を顔に押しつけたことを、迫間順平は先生に喋らなかった。何でだったのかはわからない。とにかく焼き芋パーティでの一件は、僕が先生たちに説明したとおり、彼が急にちょっかいを出してきたので僕が怒り、ケンカになったということで落ち着いた。

　その出来事が、みんなの崇拝をまた自分に引き戻してくれると、僕は確信していた。一番強いと思われていた迫間順平に、一瞬で勝利したのだから、当然そうなるはずだった。でも、みんなの反応はずいぶん予想と違っていた。誰も僕に近づかなくなった。

　それまでずっと、年下や同学年の子供たちは、僕という毒虫に憧れをおぼえていた。年上の子供たちは、毒虫を可愛がっている危険な自分みたいなものを楽しんできた。でもあるとき、その毒虫が、新しくみんなで飼いはじめた、人なつっこい哺乳類を刺した。いつのまにか毒虫が育ちすぎて手に負えなくなっていたことに、みんなは気づいたのだろう。だから、そのへんにほっぽらかすことにした。そんなものは最初から知らないという態度をとることにした。ためしに僕が自分から近づいてみると、みんな、どうでもいい相手の名前を呼びながら顔をそむけ、そそくさと離れていくのだった。

そんな中、唯一、僕に近づいてきたのは、意外なことに迫間順平だった。

初めてケンカでやられて、僕をすごいと思ったのかもしれないし、誰も近づかなくなった僕を可哀想に思ったのかもしれない。べつにどんな理由であっても、退屈しないですむのだから、損はなかった。

それから、僕たちはいつもいっしょにいるようになった。僕がいつか免許を取ってバイクを買いたいと言うと、彼は車のほうが好きだと言い、そのあとバイクのいいところ、車のいいところを競争みたいに言い合ったりして、なかなか楽しかった。

――お前、どうしてここ来たんだ？

迫間順平は僕に訊いた。

――わかんない。

何も教えられておらず、知っているのは坂木逸美という母親の名前くらいだと、僕は説明した。迫間順平は鼻の下を伸ばし、曖昧に首を揺らした。

――そっちは何で？

訊くと、彼はしばらく同じ顔つきのままぼんやりしていた。聞こえなかったのかと思い、もう一度言い直そうとしたら、やっと言葉が返ってきた。

――お父さんが、ずっと前に悪いことして捕まってな。

――そうなんだ。

——何したのか知らないし、俺、お父さんに会ったこともなくて。捕まったの、俺が一歳のときだったから。それで二年前にお母さんが自殺したんだ。俺、お父さんが捕まってからお母さんと二人で暮らしてたんだけど。

迫間順平はあまり頭がよくなかったので、話がいつも前後した。

——それで、お母さんのほうのお祖父ちゃんが俺のこと引き取って、二人で暮らしてた。だから、俺をここに預けたのはお祖父ちゃん。お祖父ちゃん、病気になって、逆に世話が必要になって、それで俺、ここに来たんだ。

お祖父さんに育てられているとき、家にはお金がなく、夜になると近くのうどん屋の裏口へ行き、廃棄された麺を盗んでは家に持ち帰り、ゆでて食べていたのだという。僕はそのエピソードが気に入ったので、彼をうどんと呼ぶことにした。

園を出たらまたお祖父さんと暮らすつもりだと、そのときうどんは言っていた。自分が働きながら看病をするのだと。でもそのお祖父さんは、うどんが高校三年生のとき、彼が園を出る直前に死んだ。

「……錠也」

声に振り返ると、うどんが立っていた。

（七）

ギアをトップに入れたまま、アクセルをいっぱいまでふかしてスピードを上げつづけた。車を追い抜いているのではなく、走ってくる車たちを左右にかわしていると錯覚できるほどのスピードだった。でもまだ駄目だ。まだ足りない。僕が上げようとしているのはスピードそのものではなく心拍数だった。

去年の春、磯垣園長が青光園の駐輪場で母の話を聞かせたとき、いったい何を隠していたのか。

うどんと二人で入ったファミリーレストランで、ついさっき僕はそれを知った。

――お父さんといっしょに暮らすようになってから、初めて聞かされたんだ。

うどんはテーブルの向こうで唐突に打ち明けた。

――どうして長いこと、刑務所に入ってたのか。

赤信号で停まった車が二車線を埋めている。僕はその真ん中を突き抜ける。視界の左右でテールライトとヘッドライトが混じり合い、橙色（だいだいいろ）の直線に変わる。行く手では横方向に車が行き交っている。僕はアクセルをいっぱいにしたままそこへ飛び込む。

――俺が生まれたばっかりの頃、強盗に入った飲食店で、女の人を撃ったらしい。

うどんがそう言ったとき、まだ僕には見当がついていなかった。いや、母のことが頭に浮かびはしたけれど、ただそれだけのことだった。園長先生から聞いた母の過去が、半透明のフィルムみたいに目の前に浮かび、静止したそのフィルムの向こう側で、うどんが喋っていた。

——そのとき、お父さんとお母さんと、赤ん坊の俺で、埼玉県に住んでた。このへんじゃない、もっと田舎のほうだけど。そこに、お父さんの親といっしょに住んでた。

うどんが聞かせる話が、しだいにもう一枚のフィルムになってそばに浮かびはじめた。

——その町にあった小さいパブに、お父さんは強盗に入って、女の人を撃ったらしい。

そして、つぎの言葉を聞いた瞬間、二枚のフィルムが目の前で重なった。どちらも曖昧な白黒の線の集合だったのに、ぴたりと重なり合うことで、明確な色を持つ一枚の写真になった。

——その人の名前を聞かされたんだけど——。

白バイのサイレンが聞こえる。

——坂木逸美だった。

スピーカーごしのひび割れた声が追いかけてくる。でも白バイに僕を捕まえることはできない。どれだけ高い運転技術を身につけていても、恐怖を感じない人間に追いつくことなんてできない。

——青光園にいた頃、俺たち、親の話をしたことあるだろ。俺が、お父さんのこと話して、錠也がお母さんの名前を教えてくれて。俺、イツミって、苗字(みょうじ)みたいだなと思って、そのとき名前をよく憶えてたから、驚いたんだ。錠也のお母さんの名前を、憶えてたから。それで、そのあと、これを……。

使い古されたスポーツバッグから取り出されたのは、『自動車整備ハンドブック』と書かれた、表紙のすれた茶色い本だった。ページのあいだに雑誌の切り抜きが挟まっていた。二つ折りにされた切り抜きが、うどんの手ですっかりひらかれる前に、その大きさと形状から、僕はそれが何であるのかに気がついた。見たことがあった。いや、いまも僕の部屋にある。

――お父さんが刑務所にいるあいだに、お父さんの仲間が切り抜いて、取っといたらしいんだけど……。

間戸村さんに頼んで取り寄せてもらったのとまったく同じ、十九年前の記事だった。埼玉県の片田舎で、開店前のパブ「フランチェスカ」に押し入った強盗が、そこに居合わせた坂木逸美という女性を散弾銃で撃ったという記事。

――ここには書かれてないんだけど、女の人はあとで死んだんだって、お父さんが言ってた。それで、その女の人は妊娠中で、死ぬ前に子供を産んだんだって。

単語の一つ一つを思い出すようにして話しながら、うどんの顔はだんだんと僕のほうへ近づいてきた。

――俺、お前に会って、確認しなきゃと思った。たまたま同じ名前だっただけならいいんだ。それがいちばんいい。人が殺されて、いいとか悪いとかないけど、俺のお父さんが殺したのが、もしお前のお母さんだったら、どうしようって。

どうするというのか。

僕は田子庸平を恨んでいる。それは母親のための恨みじゃない。顔も知らない母親に対して僕は何の感情も抱かない。僕の恨みは、僕自身のためのものだ。田子庸平という男は、この僕から、あったかもしれないもう一つの人生を奪った。でも田子庸平がいまどこで何をしているのか、僕はこれまで知らなかったし、そうであってよかったと思っていた。知ってしまったら、何もせずにはいられないから。

――何で、田子なの？

僕がやっと声を返すと、うどんは大きな顔を傾けて眉を上げた。その表情に、ほんの少しだけ嬉しさのようなものがにじんでいたのは、僕が本題と離れた質問をしたからだろう。心配していたことが見当違いだったと思ったのだろう。でも僕はただ意識をそらせたいだけだった。自分を抑えたいだけだった。

――何でうどんが迫間順平で、父親が田子庸平なの？

もっとも答えは見当がついていた。うどんが一歳のときに父親が捕まり、うどんは母親と暮らしはじめた。その母親が自殺したあと、母方のお祖父さんに引き取られ、そのお祖父さんが病気になったことで、うどんは青光園にやってきた。うどんの苗字は、もともと田子だったのだろう。しかし、父親がパブで散弾銃をぶっ放してから、母親が自殺するまでのあいだに、おそらく二人のあいだに離婚が成立し、うどんは母方の苗字になっていたのだ。

うどんの説明も、まさにそのとおりだった。

――だから俺、お父さんから聞いて、初めて知ったんだ。自分が最初は、生まれたときは、田子っていう苗字だったこと。お母さんもお祖父ちゃんも、俺に教えなかったから。

うどんは分厚い唇を閉じて僕の言葉を待った。遠くで誰かが椅子を引く音がした。僕が何も言わずにいると、うどんの顔に浮かんでいた微かな嬉しさのようなものが、だんだんと薄らいで消えていった。でも僕はもう声が出なかった。言葉のかたまりが、無理に折られた木材みたいに、ギザギザの断面を上にして咽喉に詰まっていた。僕が立ち上がると、うどんの視線が僕の顔を追った。

――帰るよ。

うどんは尻を浮かせて呻くような声を洩らした。

――なあ、やっぱり俺のお父さんが撃ったのって……。

――違う。

僕はテーブルを離れた。

――違うから。

店を出たときのことは思い出せない。

気がついたときにはバイクに乗り、スロットルを限界まで開けていた。

もうどのくらい走ったのかわからない。白バイのサイレンは遠ざかり、とっくに聞こえなくなっている。大通りから大通りへと走りつづけ、大きなコの字を描くようにして、僕はいつのまにか足立区にある自宅アパートの近くまでやってきていた。車体を倒して暗い路地に飛び込む。ヘッドライトが投げる光を前輪で追いかけながら、そのまま走りつづける。しかし、路地を進んでいくにつれ、だんだんとバイクが重たくなっていくように、スピードが落ちていった。アクセルを握る手から勝手に力が抜けていく。右手の指が前輪ブレーキにかかり、右足が後輪ブレーキを踏み込む。スピードメーターの赤い針が、ゼロに向かってゆっくりと倒れていく。僕にはそれが自分の心拍数を示すゲージのように思えた。やがて赤い針の先がゼロを指した。左右のブーツが地面に触れた。ヘルメットのシールドの向こうで、暗い景色が動きを止め、その瞬間に僕は、自分が人間ではなく、人間のかたちをしたプラスチックのような、脈も体温もない物体に変わってしまった気がした。でもその物体の中に、確かに何かが息づいているのだった。

そこは、アパートのすぐそばにある、小さな児童公園の脇だった。

エンジンを切り、ヘルメットを片手にぶら下げて公園に入る。湿った土と木のにおい。青光園の窓際で、夜になると吹き込んできた風のにおいに似ていた。ベンチに誰かが座ってこちらを見ている。そのそばを、僕はブーツを引きずりながら横切る。からかうようなことでも言われたらどうしよう。僕は右手のヘルメットで相手の顔をつぶすかもしれない。倒れた相手の腹を、ブーツの裏に地面の感触が伝わるほど踏みつけるかもしれない。そちらを見ないようにしながら、ぽつんと明かりの灯(とも)った公衆トイレのほうへ向かう。

うどんと二人で、公園のトイレで大声を上げて笑い合ったのを憶えている。青光園から。

ら歩いて二十分ほどの場所にある、もっと大きな公園だった。僕が中学二年生、うどんが中学三年生のとき。人と身体をくっつけるというのはどんな気分なんだろうと、園での夕食後、うどんが僕に訊いたのがきっかけだった。親にくっついた記憶がないので、まったく想像もつかないとうどんは言い、僕のほうにもそんな経験はなかった。だから、ためしに二人で夜の遊具倉庫に入り、抱き合ってみた。冗談半分だったのに、思いのほか気持ちがよかった。うどんの体温のほうが高いように思ったので、そう言うと、うどんは逆のことを言った。その声は耳よりも胸を通して聞こえてきた。息を吸うと汗のにおいがした。すぐに僕たちは、男同士でそんなことをしているのは変だと思ったけれど、それでもまだ少し物足りなかった。動物でやったらどうだろうと、うどんが言った。お祖父さんに連れられて、初めて青光園に来た日、近くにあった大きな公園を二人で抜けてきて、そのとき「動物ふれあいコーナー」と書かれた看板を見たのだという。僕はその公園の存在は知っていたけれど、入ったことがなかった。

――ふれあいコーナーだから、ふれあえるだろ？

うどんはそう言った。

夜中になるのを待ち、僕たちは二人で園を抜け出した。公園に向かい、「動物ふれあいコーナー」のゲートを壊して中に入ると、そこにいたのはウサギとモルモットとヤギだった。小さなやつよりも大きなやつのほうがいいだろうということで、僕たちは真っ暗なその広場で、逃げ回るヤギに飛びかかって抱きついた。暴れる相手を地面に押しつけ、蹴られないようにしながら、毛の中に顔を埋めた。毛は見た目よりも硬かったけれど、その奥にある肌はあたたかくて気持ちよかった。僕たちはしばらくのあいだ、夢中になってヤギを押し倒して抱きついた。逃げられたら、また別のやつに飛びかかって同じことをした。ヤギたちはそのたびに叫び声を上げた。同じやつにもう一度抱きついても、それが初めてのように叫ぶのだった。近くで見ると、ヤギはみんな顔が違っていて、人間の女の人のようなやつも、おじさんのようなやつもいた。そうしているうちに僕はふと、最初よりもヤギが少なくなっていることに気がついた。うどんも、抱きついていたヤギを離して周囲を見回した。少なくなっているどころか、ぜんぜんいなかった。僕たちの視線は同じ場所で止まった。入るときに壊したゲートが開けっ放しになっていた。そうしているあいだにも、たったいま僕たちが抱きついていたヤギたちが、相ついでゲートの隙間を抜けていった。暗がりの中で、白いぼんやりとしたものが二つ、ジグザグに動きながら曖昧になって消えた。それが最後の二匹だった。

まずいな、とうどんが言った。

まずいね、と僕も言った。

どちらからともなく、二人でゲートを出た。公園の小径を歩くあいだ、どうしてか無言だった。両手をかいでみたら、くさかった。うどんも隣で自分の手をかぎ、まるでにおいが目にしみたように瞬きをした。僕たちは「トイレ」と書かれた看板が示す矢印のほうへ小径を折れた。水道で二人して手を洗い、においをたしかめては、また洗った。

そのあいだ僕たちは相変わらず無言だったけれど、やがてうどんが、まるで限界まで押し込まれた空気ポンプの口が壊れたみたいに、猛烈にふき出した。その大音量に僕は振り向き、でもつぎの瞬間、同じようにふき出していた。それから僕たちは大声を上げて笑った。息が苦しくて、空気が足りなくて、最後には、どちらも一人で立っていられなくなるくらい笑って、笑って、気がつけばお互いの身体を支え合いながら、息も絶え絶えになっていた。そうしながら僕は、うどんの体温をまた感じていて、最後のほうは、それをできるだけ長く感じていたくて、無理に笑っていた。

公衆トイレの入り口が四角く光っている。顎を上げると、トイレの向こう側にある木の枝のシルエットごしに、アパートが見える。二階にある僕の部屋の窓は真っ暗だ。すぐにはあそこに帰りたくない。誰も来ない場所で、誰からも見えない場所で、一人になりたくない。一人になったその瞬間、僕のかたちをしたプラスチックの中から何かが飛び出してきて、僕を部屋に置いたまま、どこかへ出かけていく。

トイレに入ると、蛍光灯の白い光に目がくらんだ。

ショルダーバッグを探る。トリプタノールの箱からシートを出し、錠剤を一つ一つ押し出して手洗い場のふちに置いていく。ぜんぶ置き終わると、つぎのシートから出してまた置く。そうして三十錠ほどの錠剤を並べてから、僕はそれを手のひらに集めて口に押し込んだ。バルブをひねり、蛇口に直接口をあてて水を飲む。大量の錠剤は、一つの硬い石みたいで、なかなか咽喉から奥に入っていかなかったけど、構わずごくごくやっているうちに、少しずつそこを通過していった。身体に浸み込んでいく水の冷たさを感じながら、僕はうどんの身体のあたたかさを思い出していた。僕が気持ちいいと思ったあの体温は、半分は田子庸平のものだった。トイレでいっしょに笑い合ったあの声も、半分は田子庸平の声だった。その田子庸平がいまうどんといっしょに暮らしている。うどんの住所は、本人に電話で訊けばすぐにわかる。

身を起こし、流しっぱなしの水を見下ろす。水は天井の蛍光灯に照らされて、白く光を跳ね返している。その光が目の奥に突き刺さってくるようで、とても不快で、僕は顔を上げた。鏡があった。鏡は茶色い垢と、埃と、誰かの手の跡で汚れていた。

動けなくなった。

大宮駅で同じように鏡を覗いたとき、そこには見慣れた僕自身の顔があった。その後ろには、仕事を終えたスーツ姿の男の人たちがいた。ところが、いま目の前の鏡に映っているのは、僕でもなく、背景でもなく、二つの目だった。それ以外のものはすべて白く掻き消えて、両目だけが真っ直ぐに僕を見ていた。これまで鏡の中で、数え切れないほど見てきた僕の目と、よく似ているけれど、明らかに違う目。誰の顔にも見たことがない目。凍りついたような目。僕は相手と視線を合わせた。両足を切り取られたような、身体の隅々まで流れていた血が一瞬で冷水に変わったような、生まれてからこれまで一度も感じたことのない何かに囚われていた。

たぶん、それは恐怖だった。

(八)

青光園のフェンス沿いに歩いていくと、若い女の人が行く手の歩道で立ち止まっていた。両手に赤い灯油のポリタンクを持ち、フェンスの内側へ向かって声を飛ばしている。

「戸越先生ー。灯油って、こないだ教えてもらったお店で入れてくればいいんですよねー?」

園庭に目をやる。戸越先生が、指で輪っかをつくって頷いている。その目がいまにも僕のほうを向きそうだったので、念のため顔を伏せた。ポリタンクを持った若い女の人は、こちらに向かって歩きはじめる。しかし僕の様子に何かを感じたのか、ふと歩調を緩めた。

「……あの」

声をかけられた。

「園に、何か御用でしょうか?」

短く迷ってから、僕は顔を上げた。

「卒園生です」

あっと彼女は口をあけ、ポリタンクを両脇に置く。

「ごめんなさい、わたしまだ働きはじめたばっかりで」

「誰か、先生呼んできますか？　どなたが来たって言えば――」

「平気です。ちょっと、驚かしてやりたいし」

　はあ、と彼女は微笑んだまま頷く。

「僕、坂木錠也といいます」

　名前を言ってみた。

「去年の春、ここを出ました」

「あ、そうなんですね。じゃあ、ちょうどわたしと入れ替わりです」

「入れ替わりじゃないですよね」

　訊ね返すように、彼女は眉を上げる。

「入れ替わってないでしょ。あなたは職員なんだから」

　僕が笑いかけると、まるでそこに笑顔が二つあってはいけないというように、彼女の顔から微笑みが消え去った。

「べつに深い意味はないから大丈夫ですよ」

「あの――」

「灯油を買いに行くんですよね？」

「あ、はい」

　最後にもう一度、僕は笑いかけた。そうしながら、ダウンジャケットのポケットの中で、母が僕に託した古い銅製のキーを、なんとなくつまんだり離したりしていた。

「お気をつけて」

　僕の言葉に、彼女は上唇の両端を無理にめくり上げ、ぎこちなく頷いた。ピンク色の歯ぐきが唾液で濡れていた。そのまま視線を合わせていると、両目が顔から逃げ出そうとしているみたいに、上下左右に細かく揺れはじめた。やがて彼女は急に、歩道に置いた二つのポリタンクを持ち上げ、何か聞き取れないことを短く呟いたあと、小刻みな足取りで僕の横を過ぎていった。

　その背中を振り返る。彼女は園の駐車場で、白い軽自動車にポリタンクを積み、運転席に乗り込んで走り去る。

　夜の公衆トイレで、あの凍りついた両目を見てから一週間。

　最初はひどく驚いたけれど、いまはもう違う。僕は、眼球のかたちをしたその氷を、握って溶かして一つにして、ちょうどこのキーみたいに、ポケットの中に持ち歩いている気さえした。

「……錠也くん？」

　フェンスの向こう側から戸越先生が近づいてくる。

「あやっぱり錠也くん。少し痩せたのねえ。え何、また遊びに来てくれたの？」

　園庭のフェンス越しに微笑みかけながらも、戸越先生の顔が少し強張っているのがわかった。たったいま、新人の先生が浮かべたのとはまた違う、明確な不安がそこにはあった。その表情を見て僕は、書類はこの人に見せてもらおうと決めた。

「遊びに来たというか、ちょっと、知りたいことがあって」

「うん、なあに？」

半分白くなった髪の毛が後ろで束ねられ、乾いた癖っ毛が左右の耳の上に飛び出している。冷たい風が吹き、その毛を震わせる。彼女の背後の園庭で、黄ばんだ砂ぼこりが舞う。

「いま、そっち行きますね」

青光園の見た目は、小ぶりの学校みたいだが、入り口に門はない。まだ記憶に新しいその入り口を、僕は抜け、園庭に立つ戸越先生のほうへ近づいていった。ひどく静かなのは、平日の昼間なので、小学生や中学生、高校生たちが学校へ行っているからだろう。園庭の隅、水道が並んだあたりに、小さな子供たちが何人かしゃがみ込んで遊んでいる。一人が僕に気づいて顔を上げると、ほかのみんなもこちらを見た。いちばん年下らしい男の子だけが、興味深げに顔を向けたままでいたが、ほかの子供はみんな視線を下げた。僕が軽く手を振ってやると、こちらを見ていた男の子は恥ずかしそうに手を持ち上げ、中途半端に振り返した。

僕は戸越先生のすぐそばまで近づいてから切り出した。

「うどんの住所を教えてもらえればと思いまして」

昨日、本人に電話をかけて訊こうとしたのだが、教えてくれなかったのだ。

——錠也？

「うどん」のメモリーを呼び出して電話をかけると、相手は即座に応答した。まるで待っていたかのような早さだった。いや、実際に待っていたのかもしれない。

——このあいだのことは、俺、すごく迷ったんだ。黙ってたほうがいいとも思った。でも、どうしても確かめておきたくて。なあ錠也、ほんとはどうだったんだ？　お前こないだ、いきなり帰っちゃったけど、俺のお父さんが——。

そこで、ふと言葉が途切れた。愛想よく喋る男の人の声が、後ろで聞こえていた。中古車販売の店で営業をやっていると聞いていたから、たぶん事務所の中だったのだろう。

——ただの同姓同名だよ。

僕が先に言葉をつづけた。

——うどんのお父さんが撃ったのが、たまたま僕のお母さんと同じ名前の人だったってだけ。僕のお母さんは生きてる。最近になってわかったんだ。まだ会ってはいないんだけど。

用意していた嘘を並べた。

——こないだは、ちゃんと言えなくてごめん。いろいろあって、いまちょっと母親の話とか、したくなかったもんだから。

——そっかあ、よかった。

相手はあっけなく信じた。

「うどんって……順平くんのこと？」

戸越先生が訊く。

「そう、迫間順平。あいつの住所を教えてください。園を出たあと住んでる場所。そういうの書いてある、書類みたいなのがありますよね？」

戸越先生はしばらく黙ってから訊き返した。

「……どうして？」

昨日、電話で本人に住所を訊いたときも、まったく同じ言葉が返ってきた。

——どうして？

——今度、遊びに行こうと思ってさ。

——でも、うちはお父さんがいるし……お父さん、いま仕事を探している最中だから、ほとんど家にいて。

——いいから教えてよ。

長い沈黙のあと、迫間順平はやっと声を返した。

——ごめん、ちょっと、教えたくない。

その様子からして、これ以上頑張っても無駄だなと思ったので、僕はそのまま電話を切った。だから今日、こうして青光園までわざわざ電車を乗り継いでやってきたのだ。何としても迫間順平の住所を訊き出して帰らなければいけない。

「うどんの家に、遊びに行こうと思って」

「順平くんに確認してからでもいいかしら？」

それでは同じことになってしまう。いや、青光園に行ってまで住所を調べたと知ったら、ますます怪しまれ、絶対に教えないでくれと彼は言うだろう。

「確認なんて、しないでいいですよ」

「そういうわけにはいかないわよぉ」

「平気です」

「平気じゃないわ」

「戸越先生の住所、僕、知ってますよ」

知らないけど言ってみた。

「ここからどうやって、どの道を通って家に帰るかも知ってます」

弱い電流でも流れたように、戸越先生の頬がぴくっと動いた。そのあと顔全体が固まって、でも唇だけがまた笑った。

「どうして……そんなこと言うのかしら？」

どうして。どうして。どうして。僕が理由を教えたくないのに、みんなそれを知りたがる。僕はいっそ理由をはっきり話してしまおうかと思った。迫間順平の家に行き、父親の田子庸平を殺すのだと。でもやっぱりやめた。そのかわり、ただ相手の顔を見た。目と目が真っ直ぐにぶつかった。戸越先生は相変わらず唇の両端だけを持ち上げたまま動かずにいる。しかし、僕がその目を見つめつづけていると、全身がほんの少しずつ、ゆっくりと前後に揺れはじめた。本人は気づいていないようだった。僕が片手を上げて先生の肩を掴むと、その動きはぴたっと止まった。

「メモしてきてくれるだけでもいいんです」

指先に、少し力を込めてみる。

「僕、ここで待ってますから」

やがて戸越先生の咽喉の上のほうから、嬉しくてたまらないという声が飛び出した。

「遊びに行ってあげるなんて、友達思いなのねぇ」

そして急に身体ごと後ろを向いた。

「じゃ、ちょっとメモしてくるわ」

そのまま園舎の中へよちよち歩き去り、しばらくすると正方形の黄色い付箋を手のひらに隠すようにして、必要以上の自然さで歩きながら僕のところへ戻ってきた。かかった時間から考えて、誰とも余計な話はしていないようだ。付箋には、さいたま市ではじまり202で終わる住所が走り書きされていた。

「僕が来たこと、誰にも言わないでくださいね」

「どうして?」

「ど、ど、どうして?」

「うん……どうしてかしら……と思って」

「どうしてもです」

付箋を手に、僕は青光園をあとにした。

メモされていた住所までは、けっこうな時間がかかった。でも、電車に乗っているあいだも、歩いているあいだも、田子庸平を殺す方法について思いをめぐらせていたので、退屈はしなかった。

夕暮れ前にたどり着いたアパートはぼろぼろだった。外階段の下に並んだ錆(さび)だらけの郵便受けには、みんな自分の名前を書いておらず、２０２号室も同じだった。中を探ってみたが、チラシしか入っていない。

ひび割れた外階段を上って部屋の前に立った。２０２号室のドアには小さなプレートが貼られ、何か書いてある。太陽にさらされて、かなりわかりにくくなっていたけれど、どうやら「迫間」と読めた。下手くそな字で、とくに二文字目は、「門」と「日」のバランスが無茶苦茶だ。

「軍手、軍手、と」

用意してきた軍手を装着し、呼び鈴を押す。返事はない。しかしドアに耳をくっつけてみると、物音が聞こえた。そうして耳をつけたまま、もう一度呼び鈴を押してみた。

「田子さーん」

室内の物音がぴたっと止まった。

「田子庸平さんにお届け物でーす」

しめったような足音が奥のほうから近づいてくる。

鍵が回され、ドアが内側からひらかれる。

初めて目にする田子庸平の顔は、思っていたほど凶悪そうではなかった。妊婦をショットガンで撃つような人間には見えない。ただ、身体が縦にも横にも大きく、もし暴れ出されたりしたら、すごく手こずりそうだ。

「田子庸平さんですか？」

念のために訊いてみると、相手はどろんとした目で頷き、僕の顔を見て、破れたダウンジャケットの袖を見て、また顔を見た。仕事を探していると言っていたけれど、田子庸平の顔面は無精ヒゲに覆われ、とてもそんなふうには見えない。迫間順平は電話で僕に嘘をついたのだろうか。それとも父親のほうが息子に嘘をついているのだろうか。

「……ものは？」

「はい？」

「届け物って言ったろうが」

そうだった。

「大きなマッサージチェアなんです。迫間順平さんっていう方からのご依頼でお届けに来ました」

どろんとしていた目に、ふっと芯が入る。

「商品、いま下にあるんですけど、運んでくる前に設置場所の確認をさせていただかないといけないので、ちょっと、いいですか？」

僕が中を指さすと、田子庸平は急に「おうおう」と嬉しそうな声を出して脇へよける。僕は「失礼しまーす」と言って三和土に入った。後ろでドアが閉まる音を聞きながら、スニーカーを脱いで家に上がる。短い廊下の右側に、生ゴミと汚れた食器で埋まったシンクがある。廊下の奥にある部屋は、六畳くらいだろうか。布団が二組、大きなロールケーキのように丸められ、腰窓の下に寄せられていた。

「なにお兄ちゃん、あいつが注文してたの？　驚かせようと思って？　いやごめん、そんなのわかんねえか、ごめんごめん。あいつぜんぜんそんなこと言ってなかったからさ。なんだよマッサージチェアかよ、まいっちゃうね。でかいんだろうけど、端っこに置けるんじゃねえかな。奥のほら、右のほうとか」

意外と饒舌な田子庸平の声を聞きながら、流し台の下の戸を開けてみた。包丁ラックに月並みな包丁が一本挿さっている。それを抜き取り、先っぽがちゃんと尖っているかどうかを確かめた。

「お兄ちゃん、何してんの？」

僕は振り返りざま田子庸平の胸を包丁で突き上げた。濁点そのもののような短い息が口から飛び出し、顔に唾がかかった。腹を蹴って向こうへ追いやると、田子庸平は両手を左右に広げ、大きな身体で狭い廊下をいっぱいにしながら後ろ向きに飛び、玄関のドアに後頭部を激突させて沈み込んだ。両足はこちらに投げ出され、三和土がちょうど浅い風呂のようで、部屋着のままそこに浸かっているみたいだった。

「自分のせいなんだから、しょうがないよ」

近づいていく。田子庸平は根元まで胸に刺さった包丁を、まるで僕がいまから盗んでいこうとしているように、両手でしっかりと握っている。目だけが僕の顔を追ってくる。黒目がぶるぶる震えている。上唇と下唇が、互いにつぶし合うようにきつく結ばれ、鼻の穴が信じられないほど広がって、出入りする空気が甲高くかすれた音を立てている。

僕は相手の脇に移動してしゃがみ込んだ。ふくらんだ両目が、やはり顔を追ってくる。包丁の柄を握る田子庸平の手を、外から包み込むようにして摑み、上下左右に動かしてみた。大きくなった鼻の穴から、ひどくこもった、はるか遠くから聞こえてくるような声が洩れた。しかしそれも、しばらく柄をぐりぐりやっているうちに小さくなっていき、やがて消えた。

無精ヒゲの生えた田子庸平の顎に手を添え、ぐっと下へ力を加えてみる。口が箱みたいにぱかっとあいた。意外にも田子庸平はきれいな歯並びをしていた。父子(おやこ)で顔のつくりは似ていないけれど、ここは遺伝していたのだろうか。

「死んでる?」

返事はなかった。

アパートに戻ると、ちょうど宅配便が来て、注文していたものが届いた。

二章

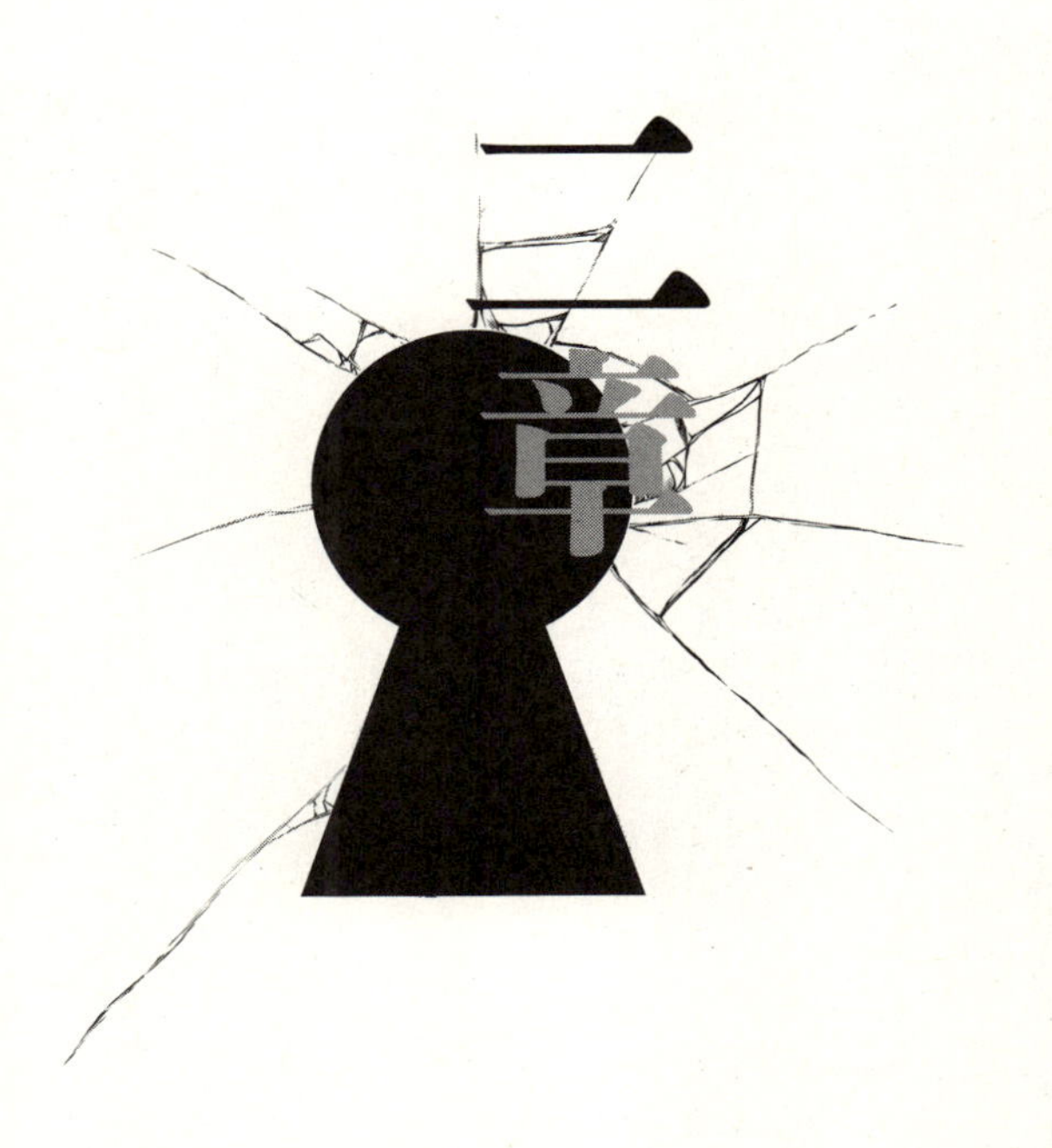

（二）

『……嘘は、ついていないんだよな？』

　昨日の父親の殺害について、うどんは電話をかけてくるなり、じつにストレートに僕を問い質した。お前が俺のお父さんを殺したんじゃないか。殺された母親の仇をとろうとして殺したんじゃないか。おととい電話で俺の住んでる場所を訊いたのはお父さんを殺すためで、俺は教えなかったけどあとで別の誰かから聞いてアパートに来てお父さんを殺したんじゃないか。

「僕はやってないし、何も知らない」

　という言葉を返すのも、もう何度目だろう。僕はすっかり疲れ果て、スマートフォンを握ったまま仰向けに倒れたら、後頭部に何か硬いものがあたった。さっきまでマリオやルイージを操作していたコントローラーだった。それをどけて頭を床につけ、顔を横に向けると、台風のあとの川べりみたいな光景が広がっている。ここ数日間で大量に消費された錠剤のシート。菓子パンの空き袋。食べ終わったカップラーメンやカップうどんの器。コンビニエンスストアのおでんの容器。割り箸。プラスチックのスプーンとフォーク。プリングルズの筒が二つ。プリングルズは今朝、菓子パンやおでんやカップ麺に飽きたので食事がわりにした。

「うどんに電話して住所を訊いたのは、ほんとに遊びに行こうとしたんだよ。お父さんが刺し殺されて、それは可哀想というか、同情するけど、だからって友達を疑うのはよくないよ。僕たち友達だと思ってたよ。思ってたというか、青光園にいたときから友達だよね？」

『うん……友達だけど』

「公園でヤギに抱きついたりしたじゃんか」

『うん、した』

「それで、気がついたらみんなヤギが逃げ出しててさ。そのあとトイレで手を洗って、大笑いして。僕、あのときのことをよく思い出すよ。青光園を出てから毎日のように思い出してたよ。僕たち仲良しだったじゃんか。なのに真っ先に疑うなんてひどいよ。いま僕、すごく哀しい」

うどんは小さく、うん、と声を返した。

『そうだよな……哀しいよな』

「哀しい」

『ごめんな』

そう言うなり、うどんは唐突に電話を切った。

「……急に切られちゃった」

《うどん》《通話終了》と表示されている画面を、僕は無意味に眺めた。

さて、いまのはどういう態度なのだろう。まだ僕を疑っているのだろうか。ごめんなと謝ったのは、そのことに対してだったのか。いや、ひょっとしたら、話していたこととはぜんぜん関係なく、自分が葬儀の準備や何かで忙しいことを思い出して、唐突に通話を終わらせたのかもしれない。うどんならあり得ることだ。僕は床に寝転んで天井を見上げたまま、もう一人の自分とかたちばかりの協議を交わした。

「ま、警察に話すような真似はしてないでしょ」

という悠長な予測は、じつのところ十分も経たないうちに大間違いだったことがわかった。

ごろんと身体を反転させて腹ばいになり、僕は昨日の殺人事件についての記事をスマートフォンで検索してみた。最新の捜査状況は、テレビのニュースよりもこっちのほうが早く出てくるだろう。今日、朝起きてすぐと、プリングルズを食べる前にも検索してみたのだけど、そういう事件が起きましたという程度のことしか、まだ報じられていなかった。さいたま市のアパートで男性が胸を刺されて死亡しているのが発見され、被害者は田子庸平さん（51）、発見者は帰宅した被害者の息子（20）。そのくらいのものだ。

そしてそれは、いま検索してみても、やはり同じだった。ああうどんはもう二十歳になっていたのかという意味のない感慨まで同じだ。被害者の田子庸平が、過去に殺人事件を起こした犯人だということも、どこにも書かれていないけれど——。

「まだ、わかってないのかな」

それとも、メディアはすでにその情報を摑(つか)んでいるが、田子庸平が刑期を終えていることから報道を差し控えているのだろうか。そのあたり、間戸村さんに訊いてみればわかるかもしれない。でも、さすがにまずそうだ。昨日の今日では、間戸村さんにまで僕が犯人扱いされてしまう。

そもそも、昨日のような殺人事件は、社会的にはどのくらいの注目度なのだろう。僕はためしにYahoo!のホーム画面をひらいてみた。事件がヘッドラインになっているかどうかを確かめようとしたのだ。しかし事件の記事は見つからず、

「あれ」

かわりに、そこには僕が知っている名前が二つ並んでいた。

政田宏明と樫井亜弥。

このまえ僕が間戸村さんに頼まれて写真を撮った、あの密会についての記事だろうか。でも、ヘッドラインに書かれている言葉がどうも違う。僕は記事をひらいて読んでみた。そして、自分が手伝ったあのスクープが、なんとも意外な展開を見せていたことを知った。

載っていたのは、政田宏明の「薬物使用疑惑」に関する記事だった。

記事から記事へ飛びながら読んでいく。どうやら以前から、警察が政田宏明の覚醒剤(かくせいざい)

使用についての捜査を進めていたらしい。あの樫井亜弥との密会は、そんななかに報じられ、それとほぼ同時に、別の週刊誌が薬物使用疑惑の件を記事にした。その週刊誌というのは、間戸村さんが所属している「週刊総芸」のライバル誌と言われている「週刊新報」だった。そっちはそっちで、政田宏明の薬物使用について情報を掴んでいたらしい。要するに、同じ俳優に関する二つのスクープ記事が前後して報道され、こうして派手にヘッドラインを埋めているのだった。密会と薬物使用疑惑。それらの報道は、いまやミックスされていて、もし政田宏明の覚醒剤使用が本当であれば、樫井亜弥にも使用の疑いが出てくるのではないかとにおわせる内容になっていた。政田の薬物使用に関しての真偽は、いまのところ明らかになっていないが、近く警察が証拠を揃えて政田に任意同行を求めるという情報もあるらしい。そんな中、当の政田宏明はというと——。

「あらら」

行方不明なのだという。

二つの記事が誌面に掲載される二日前から、どの番組の収録現場にも顔を出さず、多くの人が連絡を取ろうと試みているが、どこにいるのか皆目わからないらしい。

さらに別の記事へ飛んでみると、そこには政田の人物像について詳しく書かれていた。ちょっと興味があったので読んでみた。

政田宏明は滋賀県大津市で生まれ、中学二年生のときに演技への興味を持った。興味を持つなり同級生や上級生や下級生に声をかけて演劇部を立ち上げた。文化祭などで劇を上演する際には、自分の演技を見に来てくれと、あちこちの芸能事務所に連絡をした。もちろん相手にされなかった。中学を卒業すると、政田は親の財布から金を摑んで東京へ行き、電話帳で調べた芸能事務所に片っ端から飛び込んだ。そのうち一社の受付で、たまたま新人発掘担当部署の責任者が油を売っていた。政田はその場で責任者を相手に、「押し売りのように」つぎつぎ演技をしてみせた。クラスメイトとはぐれて道に迷った修学旅行生。トイレを借りたい修行僧。みかじめ料を取りに来たヤクザの若い衆等々。文章を読むかぎりだと、演技というよりもコントみたいな印象だったが、新人発掘担当部署の責任者は政田の「常軌を逸した熱意」に感じ入り、彼の両親に連絡し、ほどなく政田とマネジメント契約を結んだ。その芸能事務所は、現在も政田が所属している中堅どころの事務所だという。それから政田は、新人とは思えない堂々とした演技で、みるみるキャリアを重ねた。通常であればスタントマンに委ねるような危険な演技ものともせず、後輩からは尊敬され、先輩からは可愛がられ、いわゆる性格俳優なので主役はあまり回ってこなかったが、これまで大成功の俳優人生を歩んできた。

「……が、その俳優人生はもしかしたら、役ならぬヤクによって危険にさらされているのかもしれない」

あまり上手くない駄洒落で、記事は終わっていた。

せっかく成功していたのに、薬物だの不倫だのでぜんぶ台無しにするなんて、もったいないことをするものだ。そんな思いとともに溜息を一つつき、僕はブラウザを閉じようとしたが、そのとき画面の下のほうに出てきたニュースリンクが目に留まった。「薬剤」がらみのニュースだったから、リンクが現れたのかもしれない。

《薬局に強盗　薬を盗み逃走》

ちょっとラップのようなタイトルをクリックしてみると、事件が起きたのは三日前の午後二時過ぎ、場所はこのアパートのすぐ近くだった。生まれてこのかた、少なくとも記憶にあるかぎりでは病院というものに行ったことがないので、もちろん調剤薬局にも入ったことがなく、記事に書かれた店の場所がぱっと頭に浮かぶことはなかったが、町名からすると、ちょうどここから駅までのあいだだろうか。歩いてせいぜい五分程度。盗まれた薬が何だったのかは書かれていない。

上体を起こし、部屋の床を見渡した。そこいらじゅうに散らばった錠剤のシート。ここ数日で服みまくったトリプタノール。間戸村さんが使っている購入サイトは、比較的価格が良心的らしいけれど、それでも馬鹿服みしてると、いずれけっこうな額になる。僕も今度から薬局に押し入って、ただで手に入れてみようかと、ちょっとだけ思った。あくまでちょっとだけだ。リスクを考えたら、薬代が浮くくらいでは割に合わない。

それにしても。

僕はスマートフォンを床に転がし、また仰向けになって天井を見上げた。

それにしても——。

「どうすればいいんだろ」

昨日、アパートに帰ってきてから、それはかり考えている。

そして、考えるたび、ひかりさんの顔を思い浮かべる。

ひかりさんは、僕が六歳のときに青光園へやってきた。でも、それはあとから知ったことで、彼女が入園してきたときのことはよく思い出せない。気がつけば三歳上のひかりさんは、あの場所で僕たちといっしょに暮らしていた。

貧血気味の肌をして、生まれつき下瞼（したまぶた）がたるんでいるせいで実際よりもずっと年上に見え、いつも自由ルームの隅で、眼鏡を直し直し、字ばかりの本を読んでいた。園内の「寄付本」ではなく、図書館で借りてきた、もっと難しい本だった。

あの頃、青光園の子供たちの中で、僕を崇拝も賞賛もしなければ可愛がりもしないのは彼女だけだった。そのくせ、ふと気がつくと、本から顔を上げて僕を見ていた。

彼女の目は、本に向けられているときも、僕に向けられているときも、まるで表面が半透明のセロハンテープで覆われているみたいで、何も入っていきもしなければ出ていきもしないような目だった。普通の人と同じく、もちろん黒目と白目はきっちりと分かれているはずなのに、印象の中ではその境目も不明瞭（ふめいりょう）で、いつも全体がくすんだように、にごったように思い出された。

そんなひかりさんのことが、あるときから急に、僕は気になりはじめた。口の中に髪の毛でも一本入っているみたいに、苛立（いらだ）ちとともに、いつもその存在が意識されるようになった。その髪の毛をどうにかしたくて、とうとう自分から近づいていって彼女に話しかけたのは、僕が小学五年生、彼女が中学二年生のときだった。

ひかりは、本当は漢字で書く。

といっても「光」ではなく、使われるのは二文字。それも、とてもじゃないけど「ひかり」とは読めないファンタジックな二文字で、僕たちの最初の会話は、その名前についてだった。

——こういう名前って、なんか特別な親がつけると思うでしょ？

図書館のカードに書かれた自分の名前を指さしながら、ひかりさんは笑った。彼女が笑うと、眼鏡の向こうで両目が細められたけれど、それは単に瞼の隙間が狭くなっただけで、目の色にはやはり変化がなかった。

——でもじつは、ごく普通の親がつけることが多いのよ。

彼女が生まれた家も、ごく普通のサラリーマン家庭だったらしい。

——子供にこういう名前をつける人たちは、自分たちの人生があまりに普通だったから、せめて子供には特別になってほしいって思いがあるんじゃないかって、前に読んだ本に書いてあった。自分たちの人生の敗者復活戦みたいな気持ちなんじゃないかって。

でも、親がごく普通の人生を送ってきたということは、その子供も遺伝的に特別なものを持っていない。つまり大抵の場合、期待は報われない。だから親は、自分たちの期待と現実のちぐはぐさに衝撃を受けることになる。朝から晩まで。毎日のように。それがきっかけで、子供への虐待がはじまるケースがあるのだという。そんな説明をしてから、ひかりさんは自分が青光園にやってきた経緯を僕に聞かせてくれた。

——わたしの家も、そうだったのかも。

小学三年生の頃から、彼女は両親によるひどい虐待を受けるようになった。実際に何をされたのかは言わなかったけれど、学校の担任が彼女の身体の痣を見てそれに気づき、両親に連絡を取ったというから、肉体的なものだったのだろう。とはいえ、身体だけを虐待することなんてできないだろうけど。

彼女のクラス担任が両親に連絡を取ったあとも、事態は変わらなかった。けっきょく学校が相談を持ちかけた児童相談所の判断で、ひかりさんは両親と引き離されることになり、青光園へやってきた。

——わたしのお父さんとお母さん、いま、どうしてると思う？

そう訊かれ、僕は少し考えてから答えた。

——離婚した？

——結婚した。

と言って彼女は、さっきと同じ笑顔を見せた。

——離婚はもちろんしたけどね。わたしをここに預けたあと、どっちも違う人と結婚したの。

ひかりさんを使ってチャレンジした敗者復活戦に失敗したから、二人とも別のかたちで再チャレンジをしようと思ったのだろうか。僕がそう言うと、彼女は曖昧に首を振り、訊いてないからわからないと答えた。

――いずれにしても、わたしのことは、もうお父さんもお母さんも、引き取る気はないみたい。わたしも、このままここにいるつもり。家族とか、いらないし。

でもたぶん、それは本心ではなかったのだろう。

あるいは、本心だったけれど、あとから気が変わったのかもしれない。僕たちの最初の会話から半年ほど経った頃、ひかりさんに養育家庭制度の話が来たとき、彼女はそれを受けいれた。

養育家庭制度では、希望者が一定期間だけ子供を預かり、家庭で過ごしたり、いっしょに外出したりして、子供と時間を共有する。もしそこで、お互いに家族になりたいという気持ちに変化がなければ、本格的な受けいれとなる。

いまと同じ真冬だった。ひかりさんが連れていかれるところを、僕は園庭のフェンス越しに眺めていた。右手をポケットに突っ込んで、いつもそこに入れていた、あのキーをこねくりまわしながら。名前を知らない裸の木が、彼女の頭上に枝を差し伸べて、ちょうど、その枝がひかりさんのかたちをした操り人形を動かしているように見えた。彼女の里親夫婦は、横顔しか見えなかったけれど、カマキリとカメのような印象の二人だった。カマキリはほとんど喋らず、カメのほうは太い間延びした声で、あれこれひかりさんに話しかけながら、ときおりわざと人に聞かせるような笑い声を上げた。やがて三人は駐車場のほうへ回り込み、赤いセダンに乗って去っていった。

それから一ヶ月ほどのあいだ、ひかりさんは里親たちと過ごした。そしてそのあと、二人に連れられてまた青光園にやってきた。園長先生が子供たち全員をあのぎゅうぎゅう詰めの講堂に集め、ひかりさんはそこでお別れの挨拶（あいさつ）をした。苗字（みょうじ）は忘れてしまったけれど、カマキリとカメの家で、ずっといっしょに暮らすことになったのだという。ぱっと読めない名前以外、親からは何ももらわなかったと彼女が以前に呟いていたのを、ひかりさんの細い声を聞きながら僕は思い出していた。これからひかりさんは、いろんなものをもらうのだろうと想像すると、全身が乳歯になってぐらぐら揺れているような気分だった。

でも彼女の新生活は、長くはつづかなかった。

本人の希望により、ほんの四ヶ月ほどで、ひかりさんは青光園に戻ってきた。ひかりさんがいないあいだに僕は六年生になり、彼女は中学三年生になっていた。

園に戻ってきた日の夜、ひかりさんは僕を、園庭の隅にある遊具倉庫に誘った。僕はそれまで何度か、園の高校生たちが男女二人組でそこから出てくるところを見たことがあった。むかし僕がスズメバチの巣を掴んだ遊具倉庫。うどんとためしに抱き合った遊具倉庫だった。

カマキリが不在のとき、カメが彼女にしたことを、ひかりさんは僕に打ち明けた。ひかりさんはもちろんカマキリやカメという呼び方をしなかったけれど、かといってお父さんとかお母さんとか養母さんとか養父さんとか、そういう呼び方をしたわけでもなく、それぞれを「あの人」「もう一人の人」と呼び、その呼び方は話の途中でちょくちょく入れ替わったので、僕はどっちのことなのかを考えながら話を聞かなければならなかった。

　カメが触った場所を、ひかりさんは手で示した。遊具倉庫には電気がなかったけれど、小さな磨りガラスの窓から入ってくる街灯と月の光で、彼女の顔はぼんやり見えていた。ずっと両目を覆っていた半透明のセロハンテープに、上から接着剤でもなすりつけられたように、ひかりさんの両目は四ヶ月前よりも白くにごって見えた。自分の身体の二ヶ所を示した手は、やがて穿き古されたスカートの膝に戻り、死んだ動物みたいに、その場所でいつまでも動かなかった。暗がりの中で、僕はすうっと身体が冷えていくのを感じていた。皮膚がなくなって、外気がじかに肉へ伝わってくるようだった。その冷たさはやがて内側に、もっと内側に染み込んできて、冷たさが通り過ぎた部分は麻痺したように無感覚になり、最後には胸の中心だけが冷凍されたみたいだった。そうかと思うと、今度は血管に無数のボウフラがわいた。そのボウフラは、さっきの冷たさよりも速いペースで僕の内側に侵攻してきて、冷凍された胸の中心に群がった。

　あの感覚の正体を、いまでは僕は知っている。

　誰かが僕のものを奪ったときにやってくる、圧倒的な不快感。それを初めて体験したのがあの夜だった。カメがさわったのはひかりさんの身体なのに、僕はその手が自分の中に突っ込まれて、大事にしていたものを掴んでどこかへ運び去った気がした。

その日の深夜、僕は斜めがけのバッグとともに、一人で園を抜け出した。離れた場所まで歩き、見よう見まねでタクシーを停めた。運転手はわざとのように不審げな顔をしたけれど、病院にいる母親に、家までお金を取りに行くよう頼まれたと嘘をつくと、あっさり信じた。僕は町の名前と、目印になる大きな公園を伝えた。園にあった地図で、前もって調べてきた場所だった。生まれて初めて乗ったタクシーが、三十分くらいかけてその場所に到着したとき、メーターは六千七百四十円になっていた。もちろんお金は持っていなかったので、僕はドアを開けて走ろうとした。ドアは開かなかった。右側のドアをためしてみたら、そっちは開いた。僕はタクシーを飛び出して逃げた。運転手は素早くUターンして追いかけてきたけれど、やがて急ブレーキをかけて車を停め、自分の足で走りはじめた。路地をジグザグに、ときどき同じほうに曲がって逃げ回りながら、僕の胸にはずっとボウフラが群がっていた。

やがて運転手からなんとか逃げ切り、公園の前まで戻った。歩道に周辺の地図が掲げられていた。街灯に照らされたその地図を憶えて、僕は広い住宅地があるほうへと向かった。そこにカマキリとカメの家があると、ひかりさんから聞いていた。

家から家へと歩き、ひかりさんを青光園から連れ去った赤いセダンを捜した。一時間以上も歩いた頃、それはようやく見つかった。駐車場に停められていたのは、たしかにあのセダンで、ナンバーも、あのとき走り去っていく車を見送りながら、なんとなく語呂合わせをしたのと同じ数字だった。門扉のかんぬきを外して中に入り、庭のほうへ回ってみた。縁側に、雪だるまみたいにふとったゴミ袋が放置されていた。

斜めがけにしたバッグから、僕はペットボトルを取り出した。中には、園の倉庫で集めてきた灯油が入っていた。冬が終わって使われなくなった、ヒーター用の灯油缶を、順番に逆さまにして集めてきたものだった。ふとったゴミ袋を縁側の下に突っ込み、僕は板の隙間から灯油をぜんぶかけた。ずっと前に道ばたで拾ったライターで、濡れた部分に火をつけると、薄い青色をした炎がわっと走った。絵の具を洗ったときの色水のように、ちょっと頼りない薄い色だったので、大丈夫かなと思ったが、火はすぐに黄色くなって伸び上がった。黄色から橙色に変わりながら、その炎はゴミ袋を乱暴に燃やし、僕の胸の中もあぶった。体験したことのない気持ちよさだった。そこに群がっていたボウフラたちが、いっせいにゆだって死んでいく気がした。細かく縮んだ無数の死体が、血の中に溶けて、下腹のほうへ流れていくようだった。朝までかけて青光園への道を歩きながら、僕は道ばたの植え込みにおしっこをした。それまでにないくらい、気持ちのいいおしっこだった。まるで何年間も我慢していたみたいに。

　つぎの日の新聞を、僕は職員室から借りてきて読んでみたけれど、火事のことは載っていなかった。でもその翌日の新聞に、小さく載っていた。それによると、カマキリもカメも死んでいなかったが、家は全焼していた。

　夜が来るのを待ってから、僕はひかりさんを遊具倉庫に誘い、自分がやったことを話した。無言で話を聞いていたひかりさんは、僕が喋り終えてからも、まだしばらく黙っていた。窓からの月明かりで、彼女の肌は、脱皮したばかりのエビみたいに、薄く、たよりなく見えた。長いこと待っていると、ひかりさんの唇がようやく隙間をあけた。彼女は、いま喋ったことを誰にも話さないよう、自分にももう話さないよう僕に約束させてから、囁くように言った。

——ありがとう。

そのとき、ひかりさんはうつむき、髪の毛が顔をほとんど隠していたので、表情は見えなかった。もし見えたら、いったいどんな目をしていたのか。それを知りたいと思うことが、いまでもある。

それから僕たちは、ときどき夜の遊具倉庫に入った。

いつもこっそり忍び込んだし、日中はほとんどお互いに話しかけなかったので、僕たちが仲良くなったことには誰も気づいていなかった。

遊具倉庫の中でひかりさんは、自分がそれまで読んだ本の話をしてくれた。本の話をはじめると、別人のように言葉がつぎつぎ出てきた。興奮して止まらなくなるというのではなく、淡々と、ときどき僕がよくわからない難しい言葉をまじえながら、まるで書いてあるものを読むような声で、つっかえもせずに話すのだった。僕が興味を示したものを、彼女はもう一度図書館から借りてきてくれ、僕はそれを読んだ。ひかりさんの話のとおり面白いものも、そうでないものもあったけれど、まったくつまらないものはなかった。そのうち僕は、ひかりさんが図書館で借りてきた新しい本のうち、彼女が読書中でないものを貸してもらい、読むようになった。ただしそれは小説だけで、彼女が当時から興味を持っていた、人間の脳や心についての本は、わりと早い段階で手に取るのをやめた。いま思えば、もし手に取っていたら、僕はひかりさんに説明される前に、自分の正体を知っていたかもしれない。

あるときひかりさんは、遊具倉庫の中で僕の手を握った。そっと握りつづけたまま、いつものように本の話をし、話が終わると、急に顔を近づけてキスをした。ひかりさんの唇は、最初は縦向きで、たとえば真っ直ぐ上に差し出した両手の人差し指の、腹同士をちょっとふれさせるような感じだったけれど、そのまましばらくくっついていたあと、離れそうになったかと思えば、今度は片方の人差し指をひねったように、斜めになって重ねられた。キスをしながら、ひかりさんはつないでいた手をするりと上へ動かして僕の右手首を握った。まるで逃げられるのを警戒しているかのように、彼女は手首を握ったまま、くっつけ合った唇の力を込めたり抜いたりし、僕は気持ちがよくて、ただじっと目を閉じていた。あのときひかりさんは、以前から自分が考えていたことを確かめるために、実験をしたのだろうか。それとも、キスをしているとき、たまたま僕の手首を握り、気づいたのだろうか。訊かなかったので、どちらなのかはわからない。とにかく彼女は、しばらくすると唇を離し、僕の手首にふれたまま言った。

——錠也くんが何なのか、わたし知ってる。

顔が近すぎるせいで、目のピントが合わせられず、鼻先でひかりさんの顔は二つになっていた。

——錠也くんみたいな人はね。

少しずれて並んだ二つの唇が、目の前で同時に動いた。

——サイコパスっていうのよ。

暗い遊具倉庫の中で、そのあとひかりさんが説明した内容を、僕は細かなところまで憶えている。あれから何度も思い出し、そのたび彼女の説明がすっかり自分に当てはまっていることを認めながら、毎日を送ってきたから。

——そういう人たちの特徴はね——。

発汗の度合いが低いこと。心拍数が低く、緊張時や興奮時にも心拍数の増加が見られないこと。この心拍数と反社会的な行動の関係性は医学的に、たとえば喫煙と肺癌の関係性よりもはるかに高いこと。一説によると、心拍数が低い状態では身体が最適な覚醒度まで到達せず、そこに到達しようと、無意識のうちに反社会的行動という刺激を求めると言われていること。

——そういう人たちは、危険な見た目や雰囲気を持ってるわけじゃない。でも、他人に共感する度合いとか、恐怖を感じる度合いが生まれつき低いの。心の中に、共感とか恐怖の感情が欠けちゃってるの。自分以外の人を物として見て、役に立ちそうなら利用したり、邪魔だったらどかしたり、消したりもできる。

——欠陥人間ってこと？

しかし彼女は首を横に振った。

——そうじゃない。むしろ、勇気ある行動とか、すごく大胆な決断ができるから、まわりの人に賞賛されている場合も多いのよ。

実際に、歴史的な成功者や、大企業を興した人の中には、サイコパスがたくさんいるのだという。心の痛みを感じにくいので、彼らは余計な感情を挟まずに物事を考えられる。だから、普通の人よりも上手く損得勘定ができ、自分が損になることをしないでいられる。歴史上の人物や大企業の社長以外にも、そんな自分の特徴を社会に役立てている人はたくさんいて、たとえば爆発物を解体する専門家や、大手術を成功させる医者などは、心拍数を計ってみると、すごく低いことが多いのだという。

——何で、そんなふうに生まれちゃうの？

——いろんな原因があるみたい。たとえば、母親が妊娠中に煙草を吸ったり、お酒を飲んだりすると、生まれてくる子供の反社会性とか攻撃性が強くなるっていうデータもあるし、煙草やお酒だけじゃなくて、妊娠中の女の人が鉛（なまり）を摂取したときにも、サイコパスが誕生する可能性が高くなるんだって。

——鉛？

鉛を含むものといえばはんだくらいしか思い浮かばず、僕はなんとなく、テレビを分解して基板を齧（かじ）っている妊婦を想像した。

——鉛中毒で、子供の脳が変化して、サイコパスになることがあるみたい。たとえば、前に読んだ本には、ローマ皇帝のことが書いてあった。

昔のローマでは、水道管も鉛で、食器も調理器具も鉛で、ワインの味を甘くするのにも鉛が使われていて、皇帝の一族はそのワインをたくさん飲んでいた。だから、当時の歴代ローマ皇帝にはサイコパスが多かったのだという。そう言ってから彼女は、僕が知らない名前をいくつも挙げて具体例を話してくれた。それらの名前も、僕はいまでも憶えている。残酷な殺人を繰り返したカリグラ。実の家族を何人も殺し、キリスト教徒を迫害したネロ。何百人との乱交をしていたコンモドゥス——。

母の身に起きたことを園長先生から教えてもらったのは、去年の春だ。だから僕は、遊具倉庫でひかりさんと話しているとき、まだ何も知らなかった。母が片田舎のパブで、妊娠中にお酒を飲まされ煙草を吸わされていたことも。田子庸平という男に散弾銃で撃たれ、身体に鉛の弾が埋め込まれたことも。その状態で僕を産み落としたことも。

でも、いまは理解している。

要するに僕は、生まれながらのサイコパスだったのだ。

妊婦がお酒や煙草を摂取するのは、たぶん、それほど珍しいことでもない。でも、身体に鉛を埋め込まれるなんてことは、滅多に起きるものじゃない。きっと、それが決定打になったのだろう。母の身体に埋まった鉛の弾が、へその緒を伝わって、赤ん坊の脳みそに毒液を流し込んだのだろう。

青光園を出てから僕は、自分をコントロールする方法をあれこれ考えた。そのほうが得だからだ。ひかりさんによると、心拍数の低さがどうやら一番の問題のようだったので、まずはそれを改善する方法を調べた。最初にインターネットの記事で見つけたのが、胃痛に処方されるブスコパンという変な名前の薬だった。ブスコパンは副交感神経の働きを抑えることで胃の痛みをやわらげるけれど、抗コリン作用という副作用で心拍数が上がる。それを知った僕は、すぐにドラッグストアでブスコパンを買い、アパートを出る時はいつも持ち歩くようにした。自分を大人しくさせておくように。もう一人の僕がなるべく顔を出さないように。その後、これもインターネットの情報で、トリプタノールという抗鬱剤のほうが心拍数を上げる副作用が強いということを知ってからは、間戸村さんに頼んでそれを買ってもらうようになった。大宮駅でうどんと会う前にも、念のためにトイレで服んでいた。いったい何の話をされるのか、見当もついていなかったからだ。そのくらい、僕は気をつけてきた。いつも気をつけてきた。――それなのに。

エアコンが溜息のように空気を吐く。僕は床に散らばった錠剤の箱とシートをもう一度眺める。なんだかひかりさんにとても申し訳ない気持ちだった。でもこれは、僕たちが悪いわけじゃない。こんなことになったのはぜんぶ田子庸平のせいだ。あの男が母の身体に鉛の弾なんて埋め込んだから――。

玄関で呼び鈴が鳴った。

寝そべったまま動かずにいると、しばらくして、また鳴った。

立ち上がって部屋を出た。後ろ手に部屋の戸を引き、ぴったり閉めてから、玄関のドアスコープを覗いてみる。スーツにコート姿の男が二人立っている。

「はい」

「坂木錠也さんですか？」

「はい」

「ちょっと、よろしいでしょうか？」

「はい？」

もしかして。

「ちょっとドアを、いいですか？」

そのもしかしてだった。

「西新井警察署の者なんですが」

「何です？」

「ドアを、ちょっと、お願いします」

喋っているのは二人のうち若いほうだ。三十代後半だろうか。痩せて、顔がつるっとした白い茄子のようで、いかにも尺八みたいに空気で薄まった声を出しそうだけど、さっきから聞こえてくる実際の声は、低くて硬い。隣のほうは年配で、皺の多い、日焼けが肌の奥まで染みついたような顔をしていた。僕が黙ったままドアスコープに片目を押しつけていると、若いほうがまた何か言いかけたが、それを年配のほうが制し、柔らかい声をかけてきた。

「迫間順平さんのですね、お父様のことで、お邪魔したんですが」

じっくり一秒ほど考えてから、僕は鍵を開けてノブをひねった。ドアを押し開けると、冷たい空気がひゅうっと音を立てて入り込んできた。

若いほうの刑事は竹梨、年配のほうは谷尾と名乗った。

「迫間順平さんとは、お知り合いですよね？」

竹梨刑事が訊く。嘘をつくなよ、という圧力のようなものが意図的に込められている。ということは、僕が嘘をつく可能性があると考えているのだろう。

「はい、知ってます」

「彼の父親が――」

ぽん、と谷尾刑事が竹梨刑事の胸に手の甲をあてた。竹梨刑事は言葉を切り、薄い眉を互い違いにして相手の顔を横目で見たが、谷尾刑事はそれに気づいてもいないように、にこにこと僕に笑顔を向けた。卑屈に見えるくらい首を突き出して背を丸め、役者みたいに渋味のきいた声で言う。

「お亡くなりになったんですよ。その、迫間順平さんのお父様が」

「へえ」

「でね、それが少々その、たとえば病気とか交通事故とか、そういう理由で亡くなったのではなかったもんで、私らがあれすることになりまして」

「殺されたとか？」

谷尾刑事の笑顔が写真みたいに静止した。

しかし一瞬のことだった。

「どうして、そうお思いになるんです?」

「ほんとは知ってるんです。さっきちょうどその迫間順平から電話があって、なんかお父さんがアパートで刺し殺されたとかって」

「ああなるほど、ご本人から電話が」

「いえ息子です」

「うん?」

「本人じゃなくて息子。殺された人じゃなくて、その息子」

谷尾刑事は相手に見せるための苦笑をし、その隣で竹梨刑事が半歩前に進み出た。

「これは皆さんにお訊きしていることなんですが」

スーツの内ポケットからメモ帳を取り出し、表紙に引っ掛けてあったボールペンを右手で構える。

「坂木さん、昨日は何をされてましたか?」

「警察手帳じゃないんですね」

「は?」

「いや、こういうときって警察手帳を出してメモするもんだと」

「警察手帳にメモ機能はついていません」

「ああそうなんですか」

百円ショップで買ってます、と谷尾刑事が横から柔和な笑顔を向けた。

「メモをするには、警視庁から支給される執務手帳というやつが、ええまあ、あるんですがね。あれを出すとどうしても堅っ苦しいというか、変に警戒させちゃったりなんかしてしまうもんで」

「やっぱりそういうの、ちゃんと領収書をもらって買うんでしょうね」

「レシートでオーケーです」

「昨日は何をされてました？」

竹梨刑事が割って入る。

「バイクで走り回ってました」

僕は仕方なく答えた。

「どこを？」

「べつに、いろいろ。適当に」

「何時から何時まで？」

「お昼前から夕方くらいだったと思いますけど。途中で何回か、たしか二回かな、ここに帰ってきて、それからまた出かけたりして。出たり入ったり」

僕の説明を、竹梨刑事はみんなメモ帳に書き取った。

さっきからわざとはぐらかしつつ様子を見た感じだと、どうも僕に対する二人の疑惑は、もう粘土みたいに濃厚らしい。その理由として想像できることは一つしかなかった。うどんが、僕のことを刑事たちに話したのだろう。一昨日、僕に電話で住所を訊かれたと言い、もしかしたらさらに、十九年前の事件についても説明したのかもしれない。自分の父親は刑務所を出たばかりで、なぜ投獄されていたかというと十九年前に女性を撃ったからで、撃たれたその女性は坂木錠也の母親だったんですと。

いや、そんなことくらい、きっと警察は自分たちで調べればぱっとわかる。すると、うどんから聞いたのではなく、自分たちで十九年前の事件について調べ、ここへやってきた可能性もある。でも、それにしては、とくに竹梨刑事の態度が強硬すぎる。この人は、まるで僕が田子庸平を殺したと決めつけているかのようだ。ひょっとしたら刑事たちは、青光園に連絡したのだろうか。戸越先生が、坂木錠也が昨日突然やってきて迫間順平の住所を無理やり聞き出したと喋ったのだろうか。そもそも警察が僕の住所を知るには、それこそ青光園にでも問い合わせる必要があったのではないか。

「何で殺されたんですか？」

探りを入れてみることにした。

「うどんのお父さん、誰かに恨まれてたんですか？」

竹梨刑事が「うどん？」と薄い眉を寄せる。

「あだ名です、迫間順平の」

竹梨刑事がこれもメモ帳に書きつけたので、僕はつい笑いそうになった。

「恨まれてたんですか？」

もう一度訊くと、谷尾刑事と竹梨刑事が相ついで答えた。

「それはちょっと、捜査中なので、お話しできかねるんです」

「いまは」

「ただまあ、金目のものも盗られていなかったようですし、ああいうケースで、恨みが原因になっていないことはそんなにないかと思います」

「今回も含めて」

ふんふん頷いていると、竹梨刑事がわざとらしくまたボールペンを構えた。

「もう一つお訊きします。三日前の午後はどうされてました？」

「三日前？」

意外な質問だった。うどんへの電話が一昨日。田子庸平の殺害が昨日。どうして三日前のことなんて訊くのだろう。

「とくに、何も」

実際のところ、思い出せる限りでは、コンビニエンスストアに行ってATMでお金を下ろしたくらいで、あとはずっとこの部屋にいた。もっとも、たぶん錠剤をやたらに服みまくっていたせいなのだろう、ここ数日間は頭がぼんやりしているときが多かったので、憶えていないちょっとした外出が、もう一回くらいあったりするのかもしれないけれど。

服んでいる薬の話には触れず、僕はコンビニエンスストアへ行ったことだけを伝えた。竹梨刑事は「なるほど」と呟いてメモ帳に何か書き込み、しばらく自分が書いたその文字を睨んだあと、ちらっと谷尾刑事に目配せをした。谷尾刑事が眉を上げて頷くと、また僕に向き直り、話を切り上げる口調になった。

「今後、またいろいろとお訊きすることが出てくるかもしれないので、ご連絡先をお訊きしてよろしいですか？　携帯電話の番号とか」

本当はすでに知っているのかもしれない。いずれにしても、どうせ調べればすぐにわかってしまうので、僕は番号を教えた。

「もしあとで、何か思い出したことやなんかがあれば、お気軽にご連絡ください。ここに直通の番号が書いてありますんで」

谷尾刑事が出した名刺を、僕はジーンズの後ろポケットに突っ込んだ。

「署にいないときも多いんですが、そのときは、出た者にお名前を伝えておいていただければ、こちらから折り返します」

谷尾刑事は名刺入れを、竹梨刑事はメモ帳とペンを、それぞれスーツの内ポケットに仕舞った。意外と短い訪問だった。もしかしたら指紋を採られたりするのではないかと予想していたが、それもべつになさそうだ。もっとも犯行現場から犯人の指紋は一つも出てこなかっただろうから、僕の指紋を採ったって意味はない。——と思ったら谷尾刑事が言った。

「髪の毛を一本、いただけませんかね？」

僕は自分の頭を指さし、表情だけで訊ね返した。

「ええ、髪の毛。これも皆さんにお願いしてることなんです。頭をこう、ばさばさやってもらえれば、一本か二本、落ちてくると思いますんで」

言われたとおりにやってみると、たしかに髪の毛が二本、外廊下に落ちた。それを竹梨刑事が指でつまんで拾い上げ、手帳が入っていたのと反対側の内ポケットから、ジップロックの赤ちゃんみたいなポリ袋を出すと、そこに入れて封をした。それをまた内ポケットに仕舞い、上からぽんと軽く叩いて谷尾刑事を見る。

どうも、これはまずいかもしれない。

「あとで返してくださいね」

僕の軽口を聞き流し、刑事たちは軽く頭を下げると、同時に背中を向けて外階段のほうへ歩いていった。どちらも一度も振り返らず、背中は満足げで、それを見ていると、いまの髪の毛こそが訪問の目的だったように思えてきた。

「……さて」

静かになった玄関口で、僕はトレーナーの腕を組んで考え込んだ。

いや、考え込んだところで意味はない。二人が僕の髪の毛を持っていったということは、たぶん、犯行現場にも髪の毛か何か、ＤＮＡが採れるようなものが落ちていたのだろう。刑事たちは僕の髪の毛からＤＮＡを採り、それと比較しようとしているに違いない。僕は玄関に立ったまま、ポケットからスマートフォンを取り出し、DNAというものについて調べた。いろんなサイトを見てみたが、残念なことしか書かれていなかった。この感じだと、どうやら鑑定結果が出た瞬間、いままで限りなく黒に近かった灰色は、いっぺんに真っ黒になってしまいそうだ。警察はきっと、すぐさまこのアパートにやってくる。今度は警察署への同行を求められ、そのときにはもう、僕にそれを断る権利はなくなっているかもしれない。

スマートフォンから目を上げ、二人の刑事が下りていった外階段を、しばらく無意味に眺めた。

「ちょっと、まずいね」

僕は逃げることに決めた。

（二）

ひかりさんに幸運が舞い込んだのは、彼女が高校三年生のときだ。

かつてカマキリとカメが持ってきたような偽物じゃない。本物の幸運だった。

あの頃、翌年の卒園を前に、ひかりさんは思い悩んでいた。例の、人間の脳や心の勉強を本格的にやってみたいと望んではいたけれど、大学に通うお金なんてない。通う以前に、住む場所さえない。両親にはどちらも自分を受け入れる気はないし、自分も受け入れてもらいたくはない。ないない尽くしで困っちゃうわと、彼女は夜の遊具倉庫で、僕と肩をくっつけ合いながら、吐息だけで笑った。僕はどうにかしてあげたくて、どこかからお金を手に入れてこようかと言ってみたけれど、彼女は黙って首を横に振った。倉庫の壁にもたれ、二人して目の前の暗がりを見つめていたので、その仕草は実際には見えず、彼女の頭の後ろがコンクリートをこする音だけが聞こえた。

　五十代半ばのお金持ちの未亡人が、彼女を引き取りたいと青光園に相談してきたのは、そんなある日のことだった。世の中にはそうした、実際には絶対に起きないからこそ魅力的だと思って物語に書かれるようなことが、本当に起きてしまうときがある。

　まさにそれはシンデレラストーリーというべき出来事だった。亀岡（かめおか）さんというその未亡人は、以前から磯垣園長に児童の受け入れについて相談をしていたらしい。園長先生は時間をかけて、僕たちの誰がどうで誰がこうでと、それぞれの生い立ちやパーソナリティを亀岡さんに説明し、その子供たちの中から彼女は、物静かで勉強家で、進学をしたいけれどお金がなくて途方に暮れている、ひかりさんを選んだ。児童相談所も交えての話し合いが行われ、最終的に亀岡さんはひかりさんの正式な養母となることが決まった。亀岡さんの小綺麗（こぎれい）な身なりから、何かを漠然と感じ取り、彼女が来ているときに笑顔をつくって歩き回ったり、普段は手に取ったこともない寄付本をめくったり、園庭に放りっぱなしの遊具を片付けていた子供たちは、みんな失敗した。

　園を出る前日の夜、ひかりさんは遊具倉庫の中で四つ折りのメモ紙を僕に渡した。小さな紙なので、二つ折りでもいいし、あるいは折らなくてもいいのに、四つ折りにしてあった。そこには翌日からの自分の住所が書かれていた。そのあと、僕たちはキスをした。それが二度目のキスだった。夕食後にひかりさんがいつも飲んでいた、粉を溶かすタイプのレモンティーが、息の中に香った。青光園の食堂の隅には、僕たちが勝手に飲んでいい紅茶や緑茶やインスタントコーヒーが置かれていて、みんな中学生くらいになるとインスタントコーヒーを飲みはじめ、それが一つのステータスのようになっていたのだけど、ひかりさんは苦いものが嫌いだったから、いつもそのリプトンの大きな缶に入ったレモンティーを飲んでいた。

もし何か嫌なことが起きたら、青光園を通じて僕に必ず連絡をくれると、そのとき彼女は約束してくれた。以来、これまで一度も連絡がなかったということは、いまも幸せに暮らしているということなのだろうし、実際そう見えた。

「嫌なことは起きてない？」

リビングのソファーから、いちおう訊いてみた。カウンターキッチンでコーヒー豆を挽(ひ)いていたひかりさんは、顔を上げて僕を見た。

「大丈夫……起きてない」

声も、表情も、どこか申し訳なさそうなのはどうしてだろう。そんな言い方をされたら、昔、カメとカマキリの家を燃やしたことが、まるで押し売りのように思えてしまう。

逃げるといっても行き先なんて思いつかなかった。だから僕は遊具倉庫でひかりさんからもらった四つ折りのメモを探し出し、ここまでバイクを飛ばしてきた。自分の身に起きたことを——起きていることを、話す相手がほしかった。一人ではどうしようもなくて、たとえ間違っていてもいいから、誰かの意見がほしかった。

メモに書かれた埼玉県草加市の住所には、「亀岡」という表札を掲げた大きな家が建っていた。呼び鈴を押すと、ひかりさんの声が応答し、僕が名乗ったとたんにインターフォンは切られた。拒絶されたのではないかと思ったが、ほんの数秒後、玄関のドアが勢いよく内側からひらかれた。そのときの彼女の驚きは、まったく大したものだった。まるで漫画みたいに両目を丸くし、眼鏡の向こうで黒目が真っ直ぐ僕に向けられ、そらされ、また向けられて、そらされた。向けられる時間とそらされる時間はちょうど同じくらいだった。

そのときから、僕は気づいていた。

「目が、変わったね」

ひかりさんはもうあの、半透明のセロハンテープで覆われたような——何も入っていかなければ出ていきもしないような目をしてはいなかった。ちゃんと生きている人の目をしていた。何かにしっかりとピントが合っていた。いまもその目で僕を見ながら、彼女は頷く。

「自分でもそう思う」

電気湯沸かし器がカチッと音を立て、注ぎ口から細い湯気が上がった。ひかりさんはそちらをちらっと見てから、また僕に顔を戻し、フローズンアイという言葉を教えてくれた。その説明をつけ加える彼女の口調が、かつて遊具倉庫でよく聞かせてくれた口調と同じだったので、僕は少し気持ちが落ち着いた。

「いろんなことをあきらめて、感情が表れなくなった目を、そう呼ぶの。ああいう施設には、その目を持った子供がたくさんいる。わたしもきっとそうだったし――」

彼女はそこで言葉を切った。

あなたもそうだったと、言おうとしたのかもしれない。

もしそれを言われたら、きっと僕は、いまも僕の目は同じかと訊くだろう。その答えは耳にしたくなかったので、僕は気づかなかったふりをした。そうしながら、昔ひかりさんにすすめられて読んだ本のことを、なんとなく思い出した。薄い翻訳小説で、当時の僕と同じくらいの、中学生の男の子が主人公だった。つらい貧乏生活の中、いつか成功することを夢見る彼に、宿屋で会った旅の老人が、手で影絵をつくって見せる。影絵は宿の壁に映り、蠟燭(ろうそく)の炎でゆらめきながら、老人の手が光源に近づくほど大きくなり、遠ざかるほど小さくなる。

光に近づきすぎてはいけないのだと、旅の老人は言う。

――お前が光に近づくほど、お前の影は大きくなってしまうんだ。

同じ時期に、同じ施設で暮らしていたのに、僕たちはずいぶん違ってしまった。僕はいま自分が、ひかりさんがつくった影の中に座っている気がした。

家に上げてもらってすぐに、僕はひかりさんにすべてを説明していた。突然うどんから電話がかかってきたこと。会って話したいと言われたこと。大宮のファミリーレストランで打ち明けられた話。十九年前、うどんの父親である田子庸平が散弾銃で女性を撃ったこと。撃たれた女性は病院で死亡し、それが僕の母親だったこと。その日から今日まで、一週間あまりのあいだに、自分の身に起きた出来事。もちろん、うどんの父親である田子庸平が刺し殺されたことも話したし、つい一時間ほど前、アパートに刑事たちがやってきたことも話した。そして、田子庸平殺しについて、刑事たちが完全に僕を疑っていることも。

でも、ただ一つだけ僕は嘘をついた。

「順平くんのお父さんが殺されたことについて、質問してもいい？」

ひかりさんがカウンターの向こうから訊く。

「犯人が誰だかわからないっていうのは、本当なのね？」

それだけは言わなかった。

どうしても言えなかった。そのことを話さなければ、ここに来た意味なんてないんじゃないか。でも、もし話してしまったら、いますぐに追い出され、そのあと彼女は携帯電話を摑むかもしれない。警察にすべてを伝えるかもしれない。あの頃と違う目をしているから。ちゃんと生きている人の目をしているから。最初に玄関口で会ったとき――ひかりさんがドアを出てきたとき、もし彼女の目が昔と同じだったら。カメとカマキリの家に火をつけた僕に、ありがとうと言ってくれた頃と、同じ目をしていたら、きっと僕は話していただろう。でも彼女の目はもう昔と違う。あの半透明のセロハンテープは、剝がれてどこかへ消えてしまった。

「本当だよ」

そう答えたあとも、ひかりさんは数秒、僕の顔を見ていた。しかしやがて小さく頷いて、電気湯沸かし器を持ち上げた。逆三角形の白い陶器の中に、少しずつお湯を注いでいく。その下にあるガラスのポットに、茶色いしずくが落ちる。

「ひかりさん、コーヒー飲むようになったんだね」

「いまも苦手だけど、お母さんが好きだから、よく淹れてる」

「勉強のお金を出してくれてるから？」

彼女は訊ね返すように首を傾けた。昔よりも短くなった髪が、トレーナーの肩をこすって垂れた。

「コーヒーを淹れる理由？」

「呼び方。いま、里親とか養母さんじゃなくて、お母さんって呼んだから」

ああ、とひかりさんは何でもないように頷く。

「いまはもう里子じゃなくて、養子なの。だから本当にお母さん」

意地悪な、残酷な、熟れすぎた果物を力いっぱい握ってみるような気持ちで言ってみた言葉は、相手に届きもしないまま消えた。

コーヒーを二杯淹れ、ひかりさんはリビングのテーブルに置いた。

「そのお母さん、今日は留守なの？」

訊くと、反対側のソファーに腰を下ろしながら頷く。

「海外出張。でもいつも、平日は夜までいない。亡くなった旦那さんから引き継いだ会社を経営してるから。革製品の輸入販売をやってるんだけど」

「そうなんだ」

青光園にいた頃は、亀岡さんという人が仕事をしているのかいないのか、しているとしたらどういう仕事なのかなんて、考えたこともなかった。お金持ちに種類なんてないと思っていた。

「わたしは大学の学費を出してもらうかわりに、毎日家事をやってる。べつにそういう決めごとの上で、もらわれたわけじゃないんだけど、自然にそうなったし、すごくいい関係かなって。出張がないとき、夜にお母さんといろんな話をしてるのも楽しいし」

「いまは大学四年生？」

「そう。医大だから、あとまだ二年ある」

「医大なんだ」

訊き返すと、彼女は不思議そうな顔をした。

「入学が決まったとき、園長先生に電話で報告したんだけど、聞かなかった？」

僕は首を横に振った。

「わざわざ話さないでしょ」

「どうして？」

狭くてきたならしい水槽の中で、たくさんの金魚が暮らしている。その水槽から、あるとき一匹の金魚が網ですくわれてどこかへ運ばれる。運ばれていった一匹がどうなったかを考えるとき、ほかの金魚たちは、そいつがまな板にのせられて包丁で切り刻まれているところを想像する。そのくせ、つぎにまた網が近づいてくると、自分の鱗や鰭をなるべく綺麗に見せて、すくってもらおうとする。自分がすくわれたときにだけ、広い湖や川に移してもらえると考えて。

「さあ」

僕は首をひねった。

「話したところで、どうせみんな興味を持たないからだと思う」

それが嘘だということに、たぶん彼女は気づいたのだろう。

「そうだよね」

返ってきたその声には、微かな感謝が込められているように聞こえた。

何の勉強をしているのかと訊いてみると、昔からやっていた脳科学や心理学の勉強をそのままつづけているのだという。

「医者になるって、お母さんとは話してる。たとえ脳が遺伝的に普通でも、才能がある人の何倍も頑張れば、きっと成功できるだろうし」

ひかりさんとの最初の会話で聞いた、名前の話を思い出した。ふりがながないと、とても読めないような名前を子供につける親には、ごく普通の人たちが多い。自分たちの人生があまりに普通だったから、子供には特別な人間になってもらいたくて、そういう名前をつけるのだという。たとえば医大だったら、彼女みたいな名前の人は、いったいどのくらいいるのだろう。訊いてみようかと思ったけど、どうせ明確な答えは返ってこないだろうから、やめておいた。

会話が途絶えると、部屋は急に静まり返った。僕たちがときおりコーヒーをすする音だけが、やけに大きく聞こえた。ひかりさんはローテーブルの向こう側で、さっき玄関先でそうしたように、僕の顔に視線を向け、外し、また向けた。

「ひかりさん、勉強してたの？」

ローテーブルには、分厚いハードカバーの本が広げられていた。ページの上端から、水色の付箋がたくさん飛び出している。しおりがわりらしい、飲みかけのレモンティーのペットボトルが、ひらかれたページに立ててあった。

「うん、してた」

「邪魔した？」

「大丈夫」

ひかりさんがペットボトルを取ってキャップを回す。ローテーブルの上で、本がスローモーションのように閉じようとする。僕がさっと手を伸ばしてそれを止めると、その動きに、ひかりさんの身体が強張（こわば）った。それを誤魔化すように、彼女は髪に手をやった。

「これ、何？」

そこに印刷されていた絵が気になったのだ。

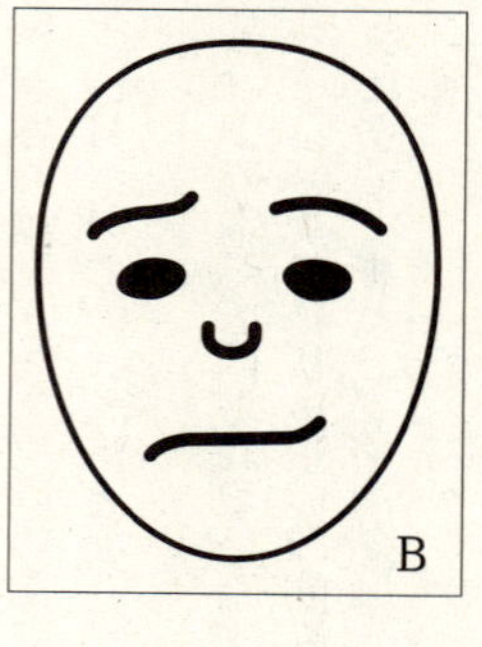

「ああ……これは、脳の働きについて説明するための絵。説明というか、実験というか」

ひかりさんは本を反転させてこちらに向ける。

「二つの絵はキョウゾウなの」

キョウゾウ——鏡像か。

「左右が正反対になってるでしょ」

「この絵が何を説明してるの？」

「人が、誰かの表情を読み取るときの特徴。二つはまったく同じ顔のはずなのに、どっちが幸せそうかって訊かれると、ほとんどの人はAって答える。いったん目を閉じて、それぞれをぱっと見たとき」

たしかに僕にもそう見えた。

「どうして？」

「脳の、右半球と左半球の働きがそうさせるの。聞いたことあるかな。脳と身体をつなぐ神経は途中でクロスしていて、右脳は身体の左半分、左脳は右半分を司ってるんだけど」

どこかで聞いたことがある。

「人が誰かの顔を見たとき、真っ先に働くのは右脳なの。右脳に入ってくるのは、左目からの情報。つまり相手の表情の中で、左目の視野に入った部分が優先的に読み取られることになる。だから、向かって左側が微笑んでいるAのほうが、より幸せそうに見えるの」

しばらく二つの顔を眺めてから、ひかりさんはページをめくった。

そこには、僕も知っている絵が印刷されていた。

「上が本物のモナリザで、下がその鏡像」

なるほど、これも、下のやつのほうが笑っているように見える。

「面白いでしょ。要するに、左の視野ばかりを認識して、右の視野が無視されるっていうことが起きてるの。シュードネグレクト——疑似無視って言われている現象なんだけど、片方ばかりを認識して、もう片方は、見えているのに見えてないの」

顔の右側と左側——相手からすると左側と右側は、それぞれ、パブリックな顔、プライベートな顔と呼ばれることもあるのだという。人に見せる顔、見せない顔という意味なのだろう。

「だから、たとえば他人に対する自分の印象をよくするためには、化粧とか髪型とかみんな、顔の右側、相手からすると左側に気をつけたほうがいいんだって。ほら、動物の絵とか魚の絵を描くとき、右利きでも左利きでも、大抵の人が顔を左側に描くでしょ。あれも、表情の認識を左の視野で行う癖がついてるから、ついそういう描き方をするんだって言われてる」

僕は本に手を伸ばし、ページを一枚戻した。

単純な線で描かれた顔を、もう一度眺める。二つはまったく同じ顔のはずなのに、一つは微笑んでいて、一つは哀しげにこっちを見つめている。哀しげな顔をしたほうと、じっと視線を合わせていると、黒いインクで印刷されたその目が、何かを訴えているように思えてくる。あったかもしれない自分の人生。十九年前に奪われた、もう一つの人生。

「僕が何なのか――」

本から手を離すと、さっきと同じように、ページはゆっくりと閉じていった。

「昔、教えてくれたのを憶えてる？」

しばらく間を置いてから、ひかりさんは意を決したように声を返した。

「サイコパスのこと？」

僕は頷き、彼女に会う前から用意していた言葉を切り出した。

「ひかりさんの考えを聞かせてくれないかな。うどんのお父さんが撃った散弾銃の弾が、生まれてくる子供をそんなふうにしちゃったんだと思う？　お母さんの身体に入った鉛が、子供の脳みそに影響を与えたんだと思う？」

正面から風が吹いたように、彼女は眼鏡の向こうで目を伏せた。

「それはわからない」

ペットボトルのレモンティーを、少しだけ飲む。

「でも、可能性がないかといえば……たしかに、あるかもしれない」

僕について、あんなに何でも断定的に話したひかりさんなのに、いまは声も抑揚も、慎重さに満ちていた。大学に入って、たくさん勉強をしたからだろうか。それとも、両目の表面から、あの薄い半透明のセロハンテープが剝がされたからだろうか。話題が変わるのを待つように、彼女は本を手に取り、膝の上に立て、並んだ水色の付箋のあたりを眺めている。たとえ間違っていてもいいから、何かはっきりとした言葉がほしかったのに。だから僕はここへ来たのに。

「ところでさ」

長いこと黙り込んでいたせいか、その声は咽喉に引っかかってかすれていた。

「サイコパスっていうのは、遺伝もするの？」

ひかりさんは手を止め、ちらっと僕の顔を見た。あまりにストレートな質問に戸惑っているようだった。正直にどうぞというジェスチャーだけを、僕は返した。

「遺伝するケースが、たくさん報告されてはいる」

「ああ、じゃあやっぱり……」

言葉の意味を探ろうとするように、ひかりさんがじっと顔を見る。二十秒くらい、そうして無言の時間がつづいたが、やがてひかりさんがその無言に耐えきれなくなったのか、ふたたび口をひらいた。

「サイコパスは、ある程度先天的なもので、成育環境によらず矯正が難しいっていうのが、いまの脳科学の結論。昔わたしが錠也くんに話した、胎児のときの胎内環境もそうだけど、遺伝的な要因も、かなり強く作用することがわかってる。知性とか容姿とか才能と同じように、反社会性や攻撃性も、親から子へ受け継がれるケースが多い」

　殺人者の子供が殺人者になるケースも多くあり、殺し屋遺伝子（キラージーン）と呼ばれるものの存在も考えられているのだという。

「ということは、生まれたときに、もう人生が決まっちゃってるわけだ」

　芸術家も、科学者も――。

「僕たちみたいなサイコパスも」

　しかしひかりさんは曖昧に首を振る。

「たとえば音楽の才能なんかは、九十パーセント以上の高い遺伝率で受け継がれることがわかってるし、数学とかスポーツの才能も、遺伝率は八十パーセント台後半で、かなり高い。でも、サイコパスの遺伝率が実際にどの程度なのかは、まだしっかりとしたデータが出てないの」

　ただ、こんな調査結果があるのだという。

「メキシコでの実例なんだけど――生まれて九ヶ月で、それぞれ別々の場所に養子に出された一卵性双生児がいたのね。二人のうち一人は都会で、一人は砂漠地帯で人生を送って、それぞれを引き取った里親の性格も、生活環境も、まったく違ってた。でも同じ遺伝子を持った一卵性双生児たちは、どちらも思春期になると家出をして、街を徘徊して、非行のために何度も施設に収容されてた。ほかにも同じようなケースが世界中でたくさん報告されてる」

話しているあいだに、ひかりさんは本のことを忘れ、ひらき癖がついたページが彼女の両手の上で広がっていた。単純な線で描かれたあの二つの顔が、ふたたびそこに現れる。こうして上下を反対にして見てみると、微笑んでいたはずの顔は哀しげで、哀しげだった顔は微笑んで——そうかと思えば、さっきの記憶が頭に残っているせいだろうか、二つの顔はどちらもちょうど同じようにも見えた。

ひかりさんの言葉が途切れ、部屋はまた静まり返る。

そのとき、本を支える彼女の手に、わずかな力がこもった。本を支える指先が、表紙をこすって短い音を立てた。その音に呼び込まれたように、壁際に置かれたサイドボードの上で、アナログ時計が秒を刻むのが聞こえはじめた。

「はっきり言ってもいい？」

急に、ひかりさんは両手を叩き合わせるようにして本を閉じた。風が起き、彼女の髪を小さく揺らす。まるでお守りのように、彼女は閉じた本をトレーナーの胸もとに引き寄せた。すっと息を吸い込むと、白い首の真ん中の、薄い皮膚がへこんだ。

そして彼女は唐突に、さっきまでの慎重さを完全に捨て去った声で言った。

「わたし、順平くんのお父さんを殺したのは、あなただと思う」

その瞬間――。

あのときの感覚が、まったく予想もしないタイミングで僕を襲った。夜の公園のトイレで、鏡の中から僕を見つめていた両目。凍りついたその両目と初めて視線を合わせたとき、僕を襲ったもの。両足を切り取られたような、身体の隅々まで流れていた血が一瞬で冷水に変わったような――僕が十九年ものあいだ一度だって感じたことのなかった感覚。たぶん恐怖。もう一人の僕への恐怖。

「……どうして？」

訊き返す声は平静そのもので、震えてもいなければ、必要以上に力がこめられてもいない。そのことが僕の身体をいっそう冷たくする。

「勘っていうのが、一番近いかもしれない」

「勘で、人を殺人者よばわりするんだ？」

ひかりさんは言葉を返さなかった。

僕は視線を下げ、そのまま目をつぶる。切り取られた両足が戻ってくるのを――冷水に変わってしまった身体中の血が温度を取り戻してくれるのを待つ。サイドボードの上でアナログ時計の針が動いている。その音がだんだんとゆらぎはじめ、大きくなったり小さくなったりしながら耳の中に響く。まるで時間そのものが、両耳のあいだに浮かんでいる気がする。家の前を車のエンジン音が通り過ぎる。座っているソファーのスプリングが鳴る。それらの音にまじって、何か小さな膜を破るような音が聞こえ、液体をすする音、それをごくりと飲み込む音がつづき——。

「それは、何の薬？」

ひかりさんの声に、僕は目を開けた。

膝の上にあるのは錠剤の箱だった。いつの間に取り出したのか。

「べつに何でも」

ひかりさんはテーブルごしに右手を差し出す。

「見せて」

「どうして？」

「いいから見せて。何で隠すの？」

「隠してないよ」

錠剤の箱を覆う右手を、彼女が視線で上から串刺し（くしざし）にする。サイドボードで時計が秒を刻む。頭の中でその音がゆらぎながら響く。

「行かないと」

そう言いながら、僕はもうすでに立ち上がっていた。でも、いったいどこへ行くというのか。アパートに戻るわけにはいかない。髪の毛を持ち帰った刑事たちが、いつ僕を捕まえに来るかわからない。ひかりさんの目がこちらの動きを追ってくる。僕はショルダーバッグを摑んで部屋を出ようとし、しかし立ち止まって彼女の顔を振り返る。僕たちは同じくらいの身長なので、互いの視線は真っ直ぐにぶつかった。

「もう、来ないから」

玄関のほうへ向かう。さっきから両足の感覚がない。歩いているのに、風景が音もなく顔の左右を流れていくように見える。廊下でひかりさんが追いついてきて、僕のダウンジャケットの袖を摑む。

「待って」

眼鏡の奥の両目には、初めて見る強い色があった。

「少し話がしたいんだけど」

そのとき、ジーンズのポケットで着信音が鳴った。

取り出してみると、ディスプレイに表示されていたのは間戸村さんの名前だった。

「仕事の電話だから」

ひかりさんはさらに何か言いかけたが、僕は構わず通話ボタンを押し、彼女に背を向けて玄関に向かった。スマートフォンを肩で耳に押しつけながら、ブーツに両足を突っ込む。この家を早く出たほうがいい。ひかりさんから離れたほうがいい。しかしつぎの瞬間、耳元で間戸村さんの声が聞こえ——。

『錠也くん』

僕の意識は瞬時にそちらへ引っ張られた。

『ごめん、まずいことになった』

　何度も聞き憶えのある声だった。いや、もちろん間戸村さんの声そのものではなく、その発声の仕方に聞き憶えがあった。肉体的にひどく痛めつけられた人間によって必死の努力で発せられている声。

『錠也くんの身が危ないかもしれない』

「どういうことです？」

　ドアを押して玄関を出た。

『知り合いの記者が殺された。週刊新報の記者が、今朝、自宅の近くで刺された。何ヶ所も刺されてたって……身体だけじゃなくて、顔とか、首とかも無茶苦茶に刺されてたって』

「それで何で僕の身が危ないんです？」

『そいつ、あの薬物疑惑を記事にした記者だったんだ』

　まったくわからない。

『犯人は見つかってない。でも俺にはわかる。さっき俺をぐちゃぐちゃにしたあいつだ。さっき俺を捕まえて路地に引っ張り込んで、いきなり無茶苦茶に殴りつけて踏みつけて――』

　ああ、なるほど。

「行方不明の、あの人ですか」

間戸村さんはすぐには答えず、湿ったものを引きずるような呼吸音ばかりが耳元でつづいた。玄関を振り返る。ひかりさんが両手を垂らし、半びらきのドアを痩せた肩で支えながら立っている。僕はそちらへ戻って無理やりドアを押した。不安げなひかりさんの顔は家の中に消えた。

『……政田宏明だった。眼鏡とマスクをしてたけど、絶対そうだった。声と背恰好でわかった』

つまり、こういうことか。

政田宏明は薬物疑惑と不倫疑惑、二つの報道で人生を台無しにされた。だからその報道をした二人の記者を調べ上げて復讐をした。そして僕の身が危ないということは――。

「間戸村さん、僕のことを喋ったんですね」

『脅されて……今朝、週新のやつが刺し殺されたの知ってたし、俺……』

「喋ったんですね」

『喋った』

「具体的には何を?」

名前と住所と電話番号だという。

「ずいぶん教えましたね」

『スマホに登録してあったやつを見られたんだ。最初はぜんぶ嘘を教えたんだよ、でもあいつが俺のスマホを取り上げて中を見て、俺が言った嘘の名前が登録されてないことにすぐ気づいて、俺、追い込まれて――』

喋ったというわけか。

『そのあとすぐ警察に連絡すれば大丈夫だと思ったんだ。そうすれば警察は政田を捕まえてくれるだろうし、錠也くんのことも守ってくれるだろうから』

「その連絡は、もうしましたか？」

『これからすぐする。まずは錠也くんに電話して、起きたことを伝えなきゃと思って、それでいま』

「僕のことは話さないでください」

警察はまずい。なにしろ僕は警察にとって、田子庸平殺しの最重要容疑者だ。そこへ持ってきて、僕が政田宏明に命を狙われているとなると、事がますます大きくなり、捜査員も二倍増し三倍増しになってしまうかもしれない。そうなったら、逃げつづけるのがかなり難しくなってしまう。

「もちろん間戸村さんが政田に襲われたことを警察に話すのは構いませんし、そうしたほうがいいと思います。でも僕の名前は出さないでください」

『だって、錠也くん』

「大丈夫です。アパートには帰らないし、もし電話がかかってきても――」

と自分で言ってから、ようやく気がついた。携帯電話やスマートフォンの電源を入れていると、警察に居場所がわかってしまうと聞いたことがある。そしていま僕は、電源を入れているどころか通話までしている。

「ごめんなさい切ります」

急いで通話を終了させ、ついでスマートフォンの電源を落とした。もう遅いだろうか。いや、案外まだ大丈夫かもしれない。ＤＮＡ鑑定というものにどのくらいの時間がかかるのかはわからないけれど、少なくとも谷尾刑事と竹梨刑事はあれから何か研究所みたいなところへ僕の髪の毛を持って行って、鑑定を依頼しているはずだ。さらに、そこで結果が出てから僕のアパートへやってくるのにも時間がかかるし、部屋の呼び鈴を押して、ドアを叩いて、坂木さーんと何度も呼びかけるのにも時間を食うだろう。大丈夫だ。まだ僕のスマートフォンの場所を調べるところまでは行き着いていないに違いない。いまからすぐにどこかへ移動すれば問題ない。――という考えとはうらはらに、全身にボウフラがわくようなあの感覚を、僕はまたおぼえていた。アパートにも帰れない。電話も使えない。行くところもない。もともと少なかった、僕が持っていたものたちが、どんどんなくなっていく。両目がドアに向けられる。ついさっき、自分が無理やり押して閉じたドア。ひかりさんはあれから出てこない。あきらめたのだろうか。もう関わり合うのはやめようと思ったのだろうか。

それとも。

――わたし、順平くんのお父さんを殺したのは、あなただと思う。

あのドアの内側で、彼女はすでに何らかの行動を起こしているのではないか。警察に電話をしているのではないか。していなくても、しようかどうか迷っているのではないか。皮膚の内側にわいているボウフラ。カメとカマキリの家を燃やしに行ったあの夜の、何倍もの数が身体の中にいる。いつの間にこんなに増えていたのだろう。スマートフォンをジーンズのポケットに押し込む。両足が勝手にドアのほうへ動く。ひかりさんは何をしているのか。ドアの向こうで何をしているのか。ボウフラがいっせいに首の内側を這い上り、下顎の奥のほうから耳の裏をとおって眼球の裏側にたかりはじめる。たかりすぎて居場所がなくなったやつらが眉毛の裏からひたいを抜け、頭の中へ、脳みその奥のほうへ押し寄せてくる。薬を服まなきゃいけない。心拍数を上げてボウフラを駆除しなきゃいけない。でも間に合う気がしない。間に合わない。

僕はドアノブに手をかけて回した。

（三）

上がり框にお尻を落とし、ジーンズの両膝にすがりつくようにして、ひかりさんは座っていた。入ってきた僕を見るなり勢いよく立ち上がり、でもたぶん言葉がいくつも咽喉もとに集まって、上手く出てこないのだろう、白くて細っこい首の真ん中をひくひくさせながら、ただ唇を半びらきにするばかりだった。そのまま何秒か待ってみると、ようやく彼女の口から言葉がこぼれた。

「錠也くんの身が危ないって……どういうこと？」

ひかりさんは、優しい人だ。

「さっきそう言ってたの聞こえた。あれは何のこと？」

「気にしないでいいよ」

僕もなるべく優しい声を返した。

「それより大丈夫？　顔が真っ白だよ」

僕は近づく。彼女はその場に立ったまま動かない。

「ひかりさん、あのね、もう一回聞かせてほしいんだけど」

二人の距離が少しずつ縮まっていく。

「どうして迫間順平の父親を殺したのが僕だと思ったの？」

「勘って言ったでしょ」

「本当にそれだけ？」

ひかりさんは頷いた。

両目が真っ直ぐに僕を見ていた。

なるほど、たぶん、本当に勘だったのだろう。でも勘というのはけっきょくのところ、知識と経験が出した答えだ。その人が自分の能力を無意識に使ってはじき出した、いちばん正解に近い解答だ。さっきリビングで言ったように、勘で人を殺人者よばわりするなんてひどいとは思うけれど、見事に正解しているのだから大したものだ。きっとひかりさんには、そういった力があったのだろう。しかも、あんなにためらいなく口にしたのだから、その力に自信も持っていたに違いない。それが具体的にどんな力なのかはわからない。人の嘘をあばく力なのか。誰かが打ち明けられずにいることを読み取る力なのか。ひかりさんが生まれた家は平均的なサラリーマン家庭だと聞いているけれど、さっきの遺伝の話に鑑みると、彼女にこんな力があるということは、もしかしたら両親もそんな才能を持っていたのかもしれない。それを発揮する機会がたまたまなかったせいで、不満や後悔や、他人に対する妬みが、排水溝の髪の毛みたいに咽喉に溜まって、溜まって、息ができなくなって、必死で空気穴を開けるように、心も身体も弱い自分たちの娘に、手や足や言葉をぶつけていたのかもしれない。

「警察に連絡なんて、してないよね？」

　ひかりさんは頷く。嘘ではなさそうだった。

「これからも、しない？」

　しかし今度は、彼女は僕の目を見据えたまま答えなかった。否定ではなく、迷っていた。でもそれだけで僕には充分だった。いまの自分から出てくる、いちばん正解に近い解答に、僕も従うことにした。靴を脱いで廊下に上がる。ひかりさんは両手を中途半端に持ち上げて身構える。その脇を素通りして奥へ向かうと、彼女は少し遅れて追いついてきた。

「さっきの薬のことなんだけど」

声を耳の後ろに聞きながら、廊下を抜ける。ひかりさんが豆を挽き、美味しいコーヒーを淹れてくれた、あのキッチン。流し台の上に木製の包丁立てが置いてある。大、中、小、三本の包丁がそこに挿さっている。包丁立ての横側には四角く穴があいていて、まるで額縁にそういう絵が入っているみたいに、三種類の刃が下を向いて並んでいるのが見える。いちばん大きなやつは刃がぎざぎざしているから、たぶんパン切り包丁。中くらいのが料理包丁で、小さいのが果物ナイフ。

「どうしてあれを服んでるの？　あの薬は心拍数を下げる作用が──」

真ん中の料理包丁を摑み、僕は振り向きざま彼女の胸を刺した。トレーナーの生地に柄の端が密着するほど、包丁は深く入った。自分と同じくらいの身長だと、殺すのがとても楽だということを、僕は初めて知った。ひかりさんの顔が内側から壊れる。彼女は短く、笑っているように震えた息を吐いたあと、服がハンガーから外れたみたいに、ほとんど音を立てずに床へ落ちた。手足がねじれ、踊るようにばらばらの方向へ投げ出されて、顔はちょうど真上を向いた。そのままの恰好で、ひかりさんは静止した。両目は天井に向けられたまま、しばらく揺れていたけれど、やがて小さな二つの水たまりになった。

三章

（二）

窓口で保険証を出し、フルネームでサインをして局留めの封筒を受け取った。それをわきの下に挟みつつ、うつむきながら郵便局を出る。前髪の隙間から周囲に視線を投げてみるけれど、誰も僕のことなんて気にしていない。

池袋まで戻る途中、待ちきれずに電車の中で封筒を破いた。中には「鑑定結果」と書かれたA4判の書類が二枚つづりになって入っていた。書類に目を通そうとしたが、そうするまでもなく、僕が知りたかったことは一枚目の上側に大きく書いてある。

「なるほどね」

池袋駅を出て、わざと人の多い道を選びながらラブホテルまで歩いた。

もし今後メディアで、二つの殺人事件の容疑者はこんな顔ですと報道されたら、むしろ人が少ない道ばかりを選ぶことになるか、あるいは変装でもしなければどこも歩けなくなってしまうだろう。いやその前に、坂木錠也という名前が報道されるだけでも、いつか誰かが撮った顔写真がインターネットに出回ってしまうかもしれない。でも僕はそれほど心配していなかった。未成年の容疑者について、逮捕の前に警察が名前を公開することは、たぶんない。

向かっているのは、昨日ひかりさんを殺して以来、隠れ家として使いはじめた場所だった。ラブホテルというものに入ったのは生まれて初めてだったけれど、部屋はなかなか快適で、イメージしていたよりもずっと清潔だし、シャワーもあればマッサージ機も置いてあるし、何より人と会わずに出入りできるのがいい。受付におばさんがいるとはいえ、互いに顔は見えず、一人で出ていっても意外と何も言われない。連泊ができればなおよかったのだけど、それはシステム上無理らしい。だから昨日は別の部屋で、サービスタイムからそのまま宿泊し、朝にチェックアウトした。そのあと、同じホテルのサービスタイムがはじまるのを待って、また部屋を借りた。ちょっと面倒くさいけれど、しばらくはこれを繰り返すことになりそうだ。とりあえず、手持ちのお金がなくなるまでは。

ホテル街に向かう途中、居酒屋の脇で足を止めた。まだ午後も早く、ガラスごしに見える店内に人の姿はない。テーブルの上で逆さまに並んだ椅子の手前に、僕の姿が映っている。これといって特徴のない顔。ジーンズ。袖の破れたダウンジャケット。郵便局に出入りしても、電車に乗っても、街を歩いても、こうして立ち止まっても、誰一人として僕を振り返らない。案外そんなふうに自分も、これまで知らないあいだに人殺しとすれ違ったり、電車に隣同士で座ったりしたことがあるのだろうか。

背後を行き過ぎる誰かの身体が、どんと背中にぶつかった。僕は前につんのめってガラスに両手をついた。そのガラスには、スマートフォンを顔の前に持ち上げたまま、ちらっとこちらに目を向ける学生風の男が映っていた。謝りもせず、すぐにまた画面を覗き込んで歩いていく。

振り返ろうとしたが、やめておいた。

冷たいガラスに両手をついたまま、自分の顔を間近で眺める。

ひかりさんの本に載っていたあの鏡像を思い出し、顔の左半分だけ、ニッと唇を持ち上げてみた。ガラスに映った僕は、同じ側の唇を持ち上げた。今度は右半分で笑ってみる。相手はそちらの頰を上げる。どちらの顔も、べつに幸せそうには見えなくて、最後に顔全体で笑ってみたけれど、やっぱり同じだった。

ひかりさんの話だと、顔の左右が、人に与える印象を変えるらしい。でも鏡は左右が入れ替わるから、思えばいままで僕が鏡の中に見てきた自分の顔は、他人が見てきた顔と違っていたということだ。そして、鏡を見ているかぎり、本当の自分を見ることはできない。そんなことを思いながら、僕はそのまましばらく笑っていた。子供の頃からよく褒められた歯並びが、冷たいガラスの中で浮き立っていた。

（二）

ラブホテルに入る前、近くのコンビニエンスストアで、おでんとペットボトルのお茶を二本買っておいた。

おでんはすぐに食べ終えた。お茶のうち一本を、なるべくちびちび飲みながら、僕がさっきから眺めているのは、朝からつけっぱなしのテレビだった。スマートフォンが使えず、窓もほんの少ししか開かないので、ほかに眺めるものもない。

画面ではワイドショーがひかりさんの殺害事件を報道している。被害者である「亀岡ひかりさん」の「ひかり」の部分はもちろん漢字で表記され、僕はその文字列を久しぶりに目にしていた。チャンネルを替えてみると、同じ事件か、そうでなければ田子庸平の殺害事件、あるいは政田宏明の行方不明と薬物使用疑惑、樫井亜弥との不倫疑惑が報道されている。そのすべてに自分が関わっていると思うと、本当に奇妙な心持ちがした。

「まいっちゃうね」

何度目かの独り言を呟きながら、枕に頭を落とす。

少し眠っておいたほうがいいかもしれない。

しかし、テレビのリモコンに手を伸ばしたとき、画面の向こうが急に騒がしくなった。

『陽性反応です、陽性反応!』

画面右下に四角い枠が現れ、屋外にいるレポーターがマイク片手に喋っている。

『樫井亜弥さんから薬物の陽性反応が出ました!』

スタッフの声が慌ただしく飛び交い、メインパーソナリティがレポーターとやり取りし、スタジオに並んで座ったコメンテーターたちが深刻な顔をしたり、腕を組んで唇を動かしたり、そうだろうなという顔で頷いたりしている。

「……みんな大変だ」

あくびまじりに呟きつつ、僕が考えるのは、やはり自分のことだった。

自分の、これからのこと。

ひかりさん殺害事件と田子庸平殺害事件について、容疑者である僕の名前がメディアに洩れるのは時間の問題かもしれない。谷尾刑事と竹梨刑事はアパートに来たとき僕の髪の毛を持ち帰った。その髪の毛と、うどんのアパートに残されていた、髪の毛か何かわからないが、DNAが採れるような遺留品とを比較して、ああやっぱりということで、いまごろ大勢の捜査員を投入して僕を捜しはじめているに違いない。ある程度捜しても見つからなければ、公開捜査に踏み切るかもしれない。そうなればいよいよ身動きがとれなくなる。いまはラブホテルを泊まり歩いていられるけれど、お金が底をついたら、いったいどこに行けばいいのか。泥棒するのはリスクが大きすぎるし、ATMでお金をおろすのもまずそうだし、唯一の収入源である間戸村さんとは連絡がとれない。スマートフォンの電源を入れることができない限り、間戸村さんの携帯番号もわからないし、向こうからも連絡できない。そもそも連絡し合ったところで、お互いもう、新しい仕事がどうのという状況ではまったくない。間戸村さんは政田にやられてダウン、僕のほうは警察に追われている。

と、そこまで考えて気がついた。

二つの殺人事件について、もしかしたら警察は容疑者を公表していないのではなく、容疑者に関する報道を規制しているだけなのではないか。メディアはすでに、僕の名前を摑んでいるのではないか。間戸村さんの中で、ひょっとしたら僕はもう〝人殺し〟になっているのではないか。

そのあたりを、確かめられないものか。

考え込みながら、身体を反転させてベッドに腹ばいになった。枕元には部屋のライトやBGMを操作するためのパネルがある。ここへ来て最初のうちは物珍しくてあれこれいじってみたけれど、すぐに飽きてしまった。パネルの隣には、ぱっと見ただけではとても電話だと思えないほどスタイリッシュな電話が置かれ、0の脇に貼られた小さなシールに「外線」と印刷されている。

なんだ、そうか。

間戸村さんに連絡する簡単な方法があった。

受話器を持ち上げ、0番につづけて104を押す。コール音が二回半聞こえたあと、オペレーターの女の人が電話に出た。このサービスの存在自体は知っていたけれど、実際に使うのは初めてだ。

『お待たせしました、104のホソムラでございます』

「たぶん新宿区だと思うんですけど、総芸社の電話番号をお願いします」

『東京都新宿区、出版社の総芸社でよろしいですね?』

「はい。でも、もし週刊総芸の番号がわかれば、そっちを」

『そちらでのご登録がございませんので、代表番号でのご案内になってしまいますが』

「なら代表で」

『では、東京都新宿区、総芸社の代表番号をご案内します。ご利用ありがとうございました』

ぷつんと回線が切り替わり、機械の音声が番号を読み上げた。僕はそれを憶えてから、いったん電話を切り、その番号にかけ直した。

『お待たせしました、総芸社、代表受付でございます』

さっきと同じ人かと思うような、そっくりな声だった。

「週刊総芸で記者をやってる、間戸村さんに連絡がとりたいんですけど」

『週刊総芸の間戸村ですね。お客様のお名前をちょうだいしてもよろしいですか？』

「坂――」

うっかり答えそうになった。

「イニシャルとかでもいいですか？」

『はい、構いません』

いいのか。

「じゃあ……JSで」

『JS様ですね。では、そのままお待ちくださいませ。週刊総芸のほうにおつなぎいたします』

保留音が流れた。耳に憶えのある綺麗なメロディー。何という曲かは知らないが、痩せた白人女性が歌い、顔立ちのよく似た男の人がキーボードを弾いているのを、青光園のテレビで見たことがある。古い映像だったから、たぶん昔のＶＴＲだったのだろう。

『お待たせしました、週刊総芸です』

若い男の人が出た。

「あの、間戸村さんをお願いしたいんですが」

『ええと、間戸村がですね、ちょっとお休みをいただいておりまして』

「ですよね」

『はあ』

「間戸村さんいま、政田宏明に襲われて大怪我をしてると思うんですけど、携帯番号を教えてほしいんです。番号を登録してあるスマホが、いまちょっと使えなくて」

相手は黙り込んだ。

けっこう長い沈黙だった。

『確認しますので、お待ちいただけますか？　お名前は――』

「ＪＳで」

『ＪＳ様ですね。少々お待ちください』

今度の保留音は、小学校で習った「エーデルワイス」だった。

その保留音を流しているあいだに、たぶん別の電話機か携帯電話で間戸村さんに連絡をとったのだろう、曲が途切れたあと、またさっきの人が出て、間戸村さんの携帯番号を教えてくれた。

その番号にかけてみたら、ワンコールでつながった。

『……錠也くん？』

声を聞いたとたん、憶えのない感情が胸にわいた。

お湯みたいな。

そのお湯が、胸から鼻の後ろにわっとこみ上げたような。

「どうも、お疲れ様です」

『やっぱり錠也くんか！　いや連絡とれてよかったよ。錠也くん大丈夫？　いまどこにいるの？　何度も携帯に電話してるんだけど、つながらなくて、俺もう心配で心配で——ねえ、政田はぜったい錠也くんを捜してると思うんだよ。言われたとおり俺、警察には錠也くんのこと喋ってないんだけど、やっぱりちゃんと話したほうがいいよ』

間戸村さんの口ぶりを聞いただけで、早くも用件は済んだようなものだった。田子庸平とひかりさん、二人の殺害事件に関して、警察が僕の名前をメディアに伝えているようなことは、どうやらなさそうだ。

「いえ、僕の名前はこのまま伏せておいてください。大丈夫なので」

『でも——』

「間戸村さんのほうはどうですか？」

『俺？　俺は見事に入院中で、ずっと病室のベッド。骨が五ヶ所も折れててさ。俺のことボコボコにしたの、ぜったい政田宏明だったって警察に言ったんだけど、いまどんな感じになってるのかな。なにしろ顔をしっかり見たわけじゃないし、そのことも警察に伝えちゃったから、ちゃんと動いてくれてるのかどうかわからないんだよね。いや動いてくれてるとは思うんだけどさ。で、え何、錠也くんどうしたの？　何かあったの？』

「べつに何も」

用件が済んだいまも、まだ、自分がやりたかったことができていない気がした。いったい何だろう。

どうもそれは、さっきからこみ上げているこの憶えのない感情と、つながり合っているように思えた。

「あそうだ」

ようやくそれが頭に浮かんだので、受話器を耳につけたまま上体を起こして胡坐をかいた。枕側の壁に張られた、ぴかぴかしたタイルを眺めながら、僕は伝えたかったことを口にした。

「お別れの挨拶をしておこうかと思いまして」

『は？』

「もう会えなくなりそうなので」

『え、困るよそれ、何それ錠也くん』

どうせもうすぐわかることだから、答えなかった。

すごく長い付き合いというわけではないけれど、間戸村さんはいつも僕に仕事をくれて、その成果に大喜びしてくれて、未成年の僕のかわりにインターネットでトリプタノールを買ってくれた。うどんとの約束があったので断ってしまったけれど、このあいだは食事にも誘ってくれた。思えば、あの日まではそんなに悪くない人生だった。親がいなくても、学歴がなくても、アパートが古くても、間戸村さんがくれる仕事を——僕にしかできない仕事をしながら、自分が自分として、自分のために生きているという確信があった。でもいまは、その確信がどこかへ消えてしまった。僕が誰なのか、何なのかがわからない。頭に描く自画像はひっきりなしに左右にぶれ、すべての線が二重になって並んでいる。

「間戸村さん、サイコパスって知ってます?」

なんとなく、訊(き)いてみたかった。

間戸村さんは『うん?』と訊き返したが、僕はそのまま黙っていた。

『……知ってるけど?』

「どのくらい知ってます?」

『けっこう理解してると思う。前に新書の部署にいたとき、それ関係の本をつくったことがあるから』

そうなのか。

『わりと売れたよ。新書にしてはだけどね』

「ああいう人たちって――」

知りたいことがあった。

ひかりさんの家に行ったときに訊けばよかったのだけど、あのときは考えなければいけないことが多すぎたし、最後にはあんなことになってしまった。単純なこの質問は、ずっと昔の忘れ物のように、けっきょく胸の奥に仕舞われたままだった。

「みんな、どうやって生きてるんでしょうか」

『誰、サイコ？　そりゃ、いろいろじゃない？　歴史上の人物にも有名人にも、たくさんいるみたいだし』

ひかりさんと同じようなことを言う。

『マザー・テレサ、ピョートル、毛沢東、あのでかい会社をつくったスティーブ・ジョブズとか、月面着陸を冷静に成功させたアームストロングとか、みんなそうだったって説もあるよね。いやほんとかどうか知らないけどさ、たしかにまあ、さっき言ったその本をつくるときに、そういう人たちの私生活なんかを調べてたら、そうかもなあって気になっちゃったよ』

大怪我で入院しているということをつい忘れてしまいそうなほど、間戸村さんはいつもどおりのポンポンした口調で喋りつづける。

『身近にだってうようよしてると思うよ。ほら、それこそ政田宏明もサイコパスでしょあれ。デビュー前からの経歴がメディアでいま報道されてて、なんか苦労話みたいになってるけどさ、よく考えたら異常だよ』

スマートフォンで読んだ記事の内容は僕も憶えていた。中学生の頃からあちこちの芸能事務所に連絡して自分の演技を見てくれと頼んだり、いきなり東京へ行って片っ端から芸能事務所に飛び込んだり、新人発掘の担当者を見つけたと思ったら目の前でどんどん勝手に演技しはじめたり、たしかに普通の人間がとる行動じゃない。

『デビューしてからも、新人ばなれした堂々とした演技だの、スタントマンを使わないアクションだの、いちいちサイコパスの特徴がぴったりくるじゃない？　そんで、今回のこれだぜ。あいつ異常だよ。完全にサイコ、サイコ』

恨みのこもった間戸村さんの声を聞きながらも、僕はなんだか政田宏明にほんのりとした親近感を抱いていた。

「そういう人たちって……最初からそうなんですかね」

『最初からって？』

「生まれたときから」

ひかりさんはそう言っていた。

しかし意外にも、返ってきたのは笑い声だった。

『んなことないいんじゃない？　いや実際、そういう説はあるけどさ、遺伝とか、母親の胎内環境とか。でもそれだって、けっきょくは生きてく環境によって、どうにでもなるんだよ。生まれたときからサイコパスになる可能性が高い人たちってのは、まあ科学的に見て確かにいることはいるらしいけど、ただしそれは絶対じゃない。その人を取り巻く環境の力に比べたら、遺伝の力なんて弱いもんだよ。たとえば文才なんて、ほとんど遺伝しないっていうデータも出てるし。だってそうじゃなきゃ、子育てとか教育とか、みんな意味なくなっちゃうじゃん。たとえば、アメリカの――よいしょ』

ベッドの上で身体の向きを変えたのか、声の聞こえかたが少し変わった。

『アメリカの心理学者が示した例なんだけどね、生まれてすぐに離ればなれになった一卵性双生児の姉妹がいたんだって。そのうち一人は音楽教師の家の養子になって、もう一人は音楽とは何の縁もない家の養子になった。で、二人がその後どうなったかというと、一人はプロのピアニストになったけど、もう一人は音楽に興味も持たなくて、大人になっても音符さえ読めなかった。錠也くんこれ、どっちがどっちの家で育てられたと思う？』

「音楽教師の家で育ったほうが、プロのピアニストになったんですよね？」

逆なのだという。

『音楽とは何の縁もない家で育ったほうが、プロのピアニストになったんだよ。音符を読めもしなかったのは、音楽教師の家で育ったほう。どっちも音楽の才能はあったんだろうけど、一人は親から音楽をやれやれ言われて、逆に嫌になっちゃったのかもね。そのへんはわからないけど、とにかく、この話ってさ、ぱっと聞くと、才能は環境によらず開花するんだっていう実例のように思えるでしょ？　プロのピアニストを目指したほうは、音楽と縁のない家庭で育ったにもかかわらず見事に成功したわけだから。でも逆に、遺伝的な素養なんて環境でどうにでもなっちゃうっていう実例でもあると思わない？　だって、同じ才能を持ってたはずなのに、片方は音符さえ読めなかったんだぜ』

たしかにそのとおりかもしれない。

『変な言い方だけど、サイコパスになるのが一つの才能だとしてさ、その才能がみんな開花するわけじゃないんだよ。本当にそうなるのは、その才能が上手く育っちゃった場合だけなんだよ』

だとすると——。

きっと、上手く育ってしまったのだろう。

妊娠中の母が摂取した、ニコチン、アルコール、そして田子庸平が放った弾丸に含まれていた鉛。それらが母のへその緒を伝って胎児の脳みそに染み込み、もともと才能を持って生まれてきたところに——具体的に人生のどんな環境要因が作用したのかはわからないけれど、その才能がこのうえなく上手く育ち、あんなふうに、少しの迷いもなく、ただ自分のためだけに、人を殺せる人間が出来上がってしまったのだろう。

さっきまで鼻の後ろにこみ上げていた、あたたかいお湯みたいなものが、だんだんと冷たくなっていった。それと同時に、圧倒的なあきらめが全身に広がっていくのを僕は意識していた。

「……ところで」

そのあきらめの中で、気づけば訊いていた。

「間戸村さんは、どこの病院にいるんですか？」

病院の名前を、間戸村さんは僕に教えた。総芸社からほど近い、新宿区内にある病院だった。何度かバイクで前を走り過ぎたことがある。

『そこの三階』

「三階ですね」

何かあったらまた電話しますと言って、僕は受話器を置いた。

ベッドから下り、床に放り出してあったダウンジャケットを摑んで部屋を出る。エレベーターで一階に移動し、エントランスホールの前で足を止め、受付のほうへ首を伸ばす。アクリル板の向こう側には誰もいない。あのおばさんは、部屋の掃除にでも行ったのか、それとも休憩中か何かだろうか。なるべく足音をさせないようにして、僕は受付の前を通り過ぎ、自動ドアを抜けて路地に出た。

バイクは近くで見つけた古いマンションの駐輪場に置いてある。ほかにも何台かバイクが停められていて、一見してきちんとした管理がされていないようだったので、その中に紛れさせておいた。

駐輪場に行き着くと、バイクを押してマンションのエントランスまで出た。ナンバーを折り上げ、シートにまたがってキーを挿す。やめたほうがいい、やめたほうがいい、やめたほうがいい、頭の奥で声が聞こえていた。さっきからずっと聞こえていた。でもその声は、アクセルを回して車道に走り出た瞬間に遠のいて消えた。

　車をつぎつぎ追い越しながら、最短距離で病院を目指すと、到着するまで二十分もかからなかった。病院の駐輪場にバイクを停めるのは避け、いったん病院の前を走り過ぎる。この先に有料の駐輪場があったはずだ。

　そのときふと視界に入り込んだのは、病院の入り口に向かって歩道を進む人影だった。帽子をかぶってマスクをつけた、上背のある男。

　それが誰だったのか気づいたとき、僕はすでに五十メートルほど走ってしまっていた。急いで前輪ブレーキを握り込みながら、車体を左回りに振り、後輪を路面にこすらせてバイクを停めた。

　歩道にあった並木のそばへバイクを押し倒し、僕は病院のほうへ走った。

　さっきの人影は消えていた。

　建物のゲートに向かってみるが、そこにもいない。病院に入っていったのだろうか。ヘルメットを脇に抱えたまま僕は迷い、病院の玄関口に向かおうとして――。

（三）

目を開けると、横向きになった男の顔があった。

ものがよく見えない。

両目の瞼（まぶた）がひどく腫（は）れて視界をふさいでいる。それに加え、どうやら眼球がダメージを受けているらしく、ピントを上手く合わせることができない。

自分が横たわっていること。目の前に男が座っていること。わかるのはそれだけだった。男の顔を確認しようと、両目をこらしてみても、壊れたデジタルカメラみたいに、やっぱりピントが合ってくれない。

意識を失う直前の記憶が戻ってくるまで、十秒くらいかかった。

バールだか鉄パイプだか木材だかわからないけれど、いきなり顔面に強烈な打撃を受け、つぎの瞬間、首から下が消えてなくなったように、景色がぐるりと回って、後頭部が歩道のアスファルトに激突していた。そうかと思えば、最初の一発と同じ衝撃がつづけざまに何度も顔面に降ってきた。そのときもまだ、首から下が消えたような感覚はつづいていたので、イメージとしては、僕を襲った誰かが、地面にぽつんと転がった生首を懸命に叩（たた）き割っているという、へんてこな図だった。

さて、ここはどこだろう。

屋内であることはたしかだけど、それ以外はわからない。舌の奥に血の味が広がっている。右の鼻は、血が詰まっているのか、それともぱんぱんに腫れているのか、まったく空気が通らない。左の鼻からは、機械油のようなにおいが入ってくる。ところで、さっきから物音が何も聞こえないのは、耳が壊れてしまったのだろうか。

「……錠也」

耳は壊れていなかった。

咽喉のほうはどうだろうと、ためしに「あ」と言ってみたら、ちゃんと声が出た。

「……俺にはわかってたんだ」

何のことだ。

「俺のお父さんを殺したの、やっぱりお前なんだろ？」

ああそうか。

そこにいるのが誰であるか、僕はようやくわかった。

「……うどん？」

相手は広い顎を引いて頷く。

少しずつ、視界がはっきりしつつあった。目の前にいるのは迫間順平。僕の前で、丸椅子に尻をのせ、前傾姿勢で両腕を膝にのせている。僕はというと、田子庸平を殺したときにアパートの部屋で見た、あの丸められた布団みたいに、端っこに寄せて置かれている。まさに置かれているという感じで、壁に沿って床に伸びている。

皮膚の感覚が徐々に戻り、床と壁が冷たかった。

まずは起き上がってみようとしたが、両手がまったく動いてくれない。ぶちのめされたときのダメージによるものではなく、お腹の上に置かれた両手の手首が、ロープで一つに縛られているからだ。足はどうだろう。ああ駄目だ、こっちも縛られて一本になっている。

迫間順平の、座布団みたいに大きな顔の向こうには、鉄骨が剝き出しになった屋根と、ラーメンどんぶりを逆さにしたようなかたちのライトがいくつか。ライトはどれも灯っていて、それが基本的に室内を照らしているが、壁の上端と屋根とのあいだに切られた窓から、外の光も入っている。もう夕暮れらしく、光はオレンジ色だった。屋根はずいぶん高いし、壁はずいぶん遠い。どうやらかなり広い場所に、僕たちはいるらしい。においと雰囲気からして、工場か何かだろうか。

「ひどいね、いきなり殴って、こんなとこに連れてきて」

下唇の右側が腫れているのか、千切れかけて垂れ下がっているのか、顎の動きにつれて、そのあたりが下のほうへぶらぶらと引っ張られる。

「お前が俺のお父さんにやったことより、ずっとましだろ」

確かにそうかもしれないと思いつつ、視線をねじって自分の状態をあらためて確認する。ダウンジャケットにも、ジーンズにも、血が飛び散っている。僕と迫間順平との距離は、たぶん二メートルくらい。

「僕を、どうするの？」

顎の関節もいかれているのか、上手く口がひらかず、ぶらぶらする唇ばかりを動かして、僕は喋った。相手はひどくのろい仕草で腕を組み、僕をじっくり観察してから答えた。

「お前がお父さんにやったのと、同じことをやろうと思ってな」

ということは、包丁を胸に突き刺して、刃がぜんぶ埋まった状態で、柄を握ってぐりぐり動かすつもりなのだろうか。

「ねえ、勘違いしてるよ。僕は人殺しなんてしてないもの」

駄目もとで言ってみた。さすがに信じないだろう——いや、多少は信じるかもしれない。少なくとも、時間を稼ぐぐらいはできるかも。相手の反応を待ちながら、僕は咽喉の奥でずるずると呼吸していたが、返ってきた答えは、かなり予想外のものだった。

「いいんだよ、どっちでも」

「うん？」

「大事なのは、俺の気が晴れることだから。俺は、お前がお父さんを殺したと思ってる。思いながら、お前のこと殺す。そしたら気が晴れるだろ。べつに、それだけでいいんだ」

なるほど。

さすがは僕と同じ純正サイコパス。

頭は悪いかもしれないけれど、基本的な考え方は僕とよく似ている。よく似ているから、この先の行動も予測できる。彼はいま言ったことを、それほど時間をおかずに、ためらいなく実行するだろう。理由は、父親のための復讐じゃない。僕たちはそういう考え方をしない。そうした思いを抱かない。迫間順平が僕を殺そうとしているのは、もっとずっとシンプルな理由からで、要するに、せっかくいっしょに住みはじめた自分の父親を、僕が奪ったからだ。自分のものを奪われたからだ。

それにしても、困ったことになった。

どうにかロープを解(ほど)かせることはできないだろうか。それが無理でも、せめてしばらく時間を稼げないだろうか。僕はその方法を考えた。

答えはすぐに出た。

「ねえ、知らないと思うんだけどさ」

相手が僕と同じような考え方をする人間だとしたら、上手くいく可能性はとても低いけれど。

「僕たち、兄弟なんだよ」

相手は太い眉(まゆ)の片方を、少しだけ持ち上げた。

「きみと僕は、血のつながった兄弟なんだよ」

これは嘘じゃない。

きちんと確認だって済んでいる。

今日の昼間、僕が郵便局留めで受け取ったのは、依頼しておいたDNA鑑定の結果報告書だった。

　スマートフォンからインターネットでDNA鑑定キットを注文したのは、田子庸平を殺しに行く二日前のことだ。そういうサービスがあると以前に聞いたことがあったので、ためしに検索してみたら、いくらでも見つかった。その中でいちばん納期が早いところを選んで、僕は注文した。ネットでの説明によると、鑑定の依頼方法は簡単で、血縁関係を調べたい二人の人間の、頰の内側の粘膜を綿棒でこすり取り、それを返信用のパックに入れて送るというものだった。注文したそのキットがアパートに届く予定の日、僕は迫間順平の部屋へ行って田子庸平を殺した。死体の口をこじあけ、用意していた綿棒を突っ込んで頰の内側をこすり、それをラップに包んでアパートに持ち帰ると、ちょうど鑑定キットが宅配便で届いた。僕は田子庸平の口に突っ込んだ綿棒と、自分の粘膜をなすりつけた綿棒を返信用のパックに入れて送った。鑑定結果は指定した住所に送られてくるとのことだったけれど、すぐにアパートにいられなくなることは予想できていたので、郵便局留めで返送してもらい、今日の昼間に受け取った。

　結果はあの二人から聞いていたとおりで、僕と田子庸平は間違いなく親子だった。僕はただ興味本位で確認しただけなので、ああそうだったんだという思い以外、別段特別な感情は抱かなかったけど。

「あのね、十九年前、埼玉で起きたのは、単純な強盗事件なんかじゃなかったんだ。当時報道されてたことは、ほとんど嘘なんだよ」

　時間を稼ぐため、僕はなるべくゆっくりと喋った。もっとも、早口で喋れと言われても、この口では難しい。

「僕のお母さんは、児童養護施設を出たあと、割烹料理の店で働いていて、そこがつぶれて仕事がなくなった時期に、きみのお父さんと知り合った」

　ぜんぶ、あの二人から聞いた話だ。

「きみのお父さんはそのとき、自分の父親と、奥さんと、生まれて間もないきみと暮らしてた。まあ、いわゆる不倫だよね。あんな顔で不倫なんて笑っちゃうけど」

　口が滑った。

「もちろん僕はきみのお父さんに会ったことはないよ。記事で顔を見たことがあるだけ。まあ僕のお母さん、両親が自殺して、一人では心細くて、誰でもよかったんだろうな」

　迫間順平はただ間延びした顔で僕の話を聞いている。何を考えているかわからない人間を相手にするのは、なかなか難しい。

「僕のお母さんは、きみのお父さんの子供を妊娠した。でも、そのうちきみのお父さんに暴力をふるわれるようになって、逃げた。お腹の子供のことも心配だったし、暴力をふるう人間なんて最低だもんね」

　逃げた母を、田子庸平は捜した。

　そして、「フランチェスカ」というパブで働いていることを人づてに聞き知った。

「それで、きみのお父さんは、ショットガンを持ってパブに押し入ったんだ。僕のお母さんと、お腹の子供を、取り戻そうとして」

　取り戻したところでどうするのかなんて、きっと考えていなかったのだろう。ただそうしたいから、そうしたのだろう。自分のものが自分のものでなくなったときに襲ってくる圧倒的な不快感は、僕もよく知っている。

「でも、お母さんは従わなかった」

　そして田子庸平はショットガンの引き金を引いた。

　たぶんそのとき田子庸平は、呼吸ひとつ乱れず、汗ひとつかかず、心臓もゆっくりと鼓動していたに違いない。

「で、警察に捕まったんだって」

　僕が言葉を切ってから、たっぷり一分間くらい、迫間順平はぼんやりしていた。

「そんな話――」

　いまから人を殺そうとしているとはとても思えない困り顔で、彼は首の脇に手をやりながら眉根を寄せる。

「お前、誰に聞いたんだ？」

「それは秘密」

　秘密か、と呟いて首を揺らす。僕たちが兄弟だということを知っても、驚いた様子さえ見せていないので、悪い予感がした。

「でもさ」

予感は的中した。

「だから何だ？　だって、俺とお前が兄弟だからって、お前が俺のお父さんを殺したことに変わりないだろ？」

何の疑問もなく、迫間順平はそう言っているようだ。僕の頭のネジがずれているとしたら、迫間順平のネジも同じところがずれている。僕だって、実の父親であると知りながら田子庸平を殺したとき、何の感情もわかなかった。

「まあ、一ついま、納得いったけどな」

「何が？」

「俺、青光園でお前と会って、すごくいっしょにいるようになっただろ。車とかバイクとかの話をしたり、夜中にヤギに抱きついたりして。あれが俺、不思議だったんだ。誰かといっしょにいるのって、もともと嫌だったんだけど、お前はそんなに嫌じゃなかったから。でもいま思えば、血が繋がってたからだったんだな。顔も体格もぜんぜん違うけど、なんか、においとか、よくわかんないけど、どっか似てたのかもな」

「そっか……だから仲良くなったんだね」

僕は吐息まじりの、あたたかみをこめた声で言った。たったいま迫間順平が納得した事実が、二人にとってとても大きな意味を持つものだというニュアンスをこめて。

しかし、返ってきた言葉は意外だった。

「べつに仲良くはなかったけど」

自分のほっぺたをのろのろとさすりながら言う。

「まわりから、お前と仲良く見えるようにはしてたけどさ。いろいろ喋ったり、夜中にいっしょに抜け出したりして、お前に俺のこと気に入らせて。お前ほら、園の中でなんていうか、危険人物だったし、みんなに避けられてただろ。厄介者っていうか。そういうのと仲良くしてると、みんなから一目置かれるから。あいつは人助けができるいいやつだ、みたいな感じで」

なるほど、人助けか。

「それが、いっしょにいた理由？」

「そう。じっさい上手くいってたと思うんだ。だって俺、けっこうみんなから頼られて、先生たちからも可愛がられて、あそこでの生活、悪くなかったもん」

「役に立てて嬉しいよ」

「でもそれって、いっても青光園の中だけの話だからな。あそこを出たら、もう役には立たない。出てすぐ、完全に忘れちゃったし」

自分の役に立たないものは、思い出しもしないというわけだ。

「何を？」

「お前のこと」

「いまの会社でも、すごい馬鹿がいてさ。俺なんかより、もっとすごい馬鹿。俺、そいつとよくいっしょにいるんだ。いろいろ世話焼いたりして。そのおかげで、俺、けっこう評判いいんだぞ、社内で。あいつはいいやつだって。それで、先輩がたまに俺の営業手伝ったりしてくれるから、成績もいい。大企業みたいなのじゃないけど、営業成績で給料ちょっと増えるから、もうしばらくしたら、自分の車も買えそうでさ。今日使ったのは、会社のやつだけど」

「意外と頭いいじゃん」

正直な気持ちを口にすると、迫間順平は広い顎から肉をはみ出させ、くすぐったそうに笑った。

「そうか?」

僕はずるっと息を吸い込んで、すぐに言葉をつづけた。

「でも——」

時間を稼ぐためと、単純な興味から、訊いてみたいことがあったのだ。

「こないだ、急に電話してきて、待ち合わせて、自分の父親が殺した相手が坂木逸美だったって、ファミレスで教えたでしょ。わざわざ週刊誌の記事まで用意して。あれは何でなの?」

「あれは……何だろ……」

迫間順平はしばらく宙を見上げて考え込んだ。そして、仕返しかな、と呟き、こくんと頷いてまた僕を見下ろした。

「うん、仕返しだな」

「仕返しって？」

「ほら、青光園で暮らしはじめて、ちょっと経ったとき、俺、お前にひどい火傷させられただろ。焼き芋パーティのとき、火の中から出した焼き芋、いきなり顔面に押しつけられて。そのとき俺、こいつ頭おかしいなって思いながら、仲いいふりしたら得だとも思ったんだ。だから、何もやり返さないで、あんなふうによくいっしょにいるようになったんだけど、そのせいで仕返しができなくなっちゃったじゃんか。いつかいいチャンスが来ないかなあと思ってるうちに、自分が園を出ちゃって、すっかり忘れちゃって。それで、そのあとは、会社で働きはじめたり、お父さんが出所していっしょに暮らしはじめたりして、焼き芋のことなんてぜんぜん思い出さなかったんだけど、お父さんにあの事件の話をされて、久々にお前のこと考えたとき、わっと急に怒りがぶり返してさ」

言葉を切り、これでわかっただろという顔をする。

「で？」

「で、仕返し」

もどかしそうに迫間順平は説明を加えた。

「お前、俺のこと好きだっただろ。その俺のお父さんが、お前のお母さんを殺した犯人だったって知ったら、ぜったいショックだろ。これぜったいもう、立ち直れないくらいショック受けてくれるんじゃないかと思って」

「ああ……」

そして、その試みは大成功したというわけだ。

それにしても、とんでもなく執念深いというか、初志貫徹というか、面倒なやつだ。このぶんだと、僕を殺すのをやめさせるのは、言葉では無理だろう。やはりいまは、できるだけ時間を稼ぐしかない。もし僕があの話をすれば、殺されない可能性はぐっと高くなるけれど、なるべくならしたくはなかった。

「でもまさか、そのせいでお前が俺のお父さんを殺すとはな。さすがに想像してなかったよ。俺が知ってる錠也、そこまで狂ってなかったから。あれだな、人間、けっこう変わるもんなんだな」

まあいいや、と呟いて、迫間順平はのっそりと立ち上がった。腰を伸ばして小さく唸り、腕時計を覗く。思ったよりも時間が経っていたのか、ちょっと驚いた顔をした。彼は口の中で何か呟き、傍らに置かれていたスポーツバッグのファスナーを開けた。

「俺、今日、買ってきたものがあってさ」

中を探りながら、急に自慢げな声になる。いったい何を取り出すつもりか知らないが、それのおかげで、また少し時間が過ぎてくれるかもしれないと僕は期待した。

でも、その期待はすぐに裏切られた。

「これ、まったく同じやつなんだ。お前がお父さんを殺したのと同じやつ。あれは警察が返してくれなかったから、同じ店で、同じの買ってきた。一人暮らしをはじめたとき、近くのスーパーで買った包丁なんだけどさ、パッケージのトマトの写真が、変に赤くて、だから俺、よく憶えてて」

包丁は透明な四角いパッケージに入っていた。

あのパッケージから包丁を取り出したら、きっと迫間順平はすぐに僕の胸を刺すだろう。僕はさすがに途方に暮れたけど、そのとき、縛られて一つになった手首の下に、何か硬い感触があることに気がついた。ダウンジャケットのポケットに入っているもの。

ああ——そうか。

「これ、セロハンテープが古いのかな」

迫間順平はしゃがみ込んだまま、パッケージのセロハンテープを剝がそうと不器用に手を動かしている。

「まあ包丁なんて、そんなに売れないだろうしね。ずっと店頭にあったんだと思うよ」

僕はそう言いながら、右手に力を込めてみた。固く縛られていたせいか、頭を殴られたせいか、感覚がほとんどなかったけれど、少しは指が動く。

「うん、包丁とかって、賞味期限もないしな」

感覚のない右手をダウンジャケットのポケットに押し入れる。人差し指と中指の先が、いまたぶん、それを摑んでいる。肩を上げるようにして腕を引っ張ると、二本の指につまれて、スマートフォンの端っこが顔を出した。

「その包丁は、スーパーで、棚にぶら下げて売られてたんでしょ？　案外、前に買ったとき、一つ後ろにぶら下がってたやつだったりするのかもしれないよ。いままでずっと、誰も買わないで。そういうことも、ありそうじゃない？」

　迫間順平はまだセロハンテープと格闘している。

「うん、あるかもな」

　スマートフォンの電源を入れる。立ち上がるまで十秒くらいかかり、そのあいだに迫間順平はセロハンテープを剝がし終えてしまった。しかしまだ包丁は、鞘（さや）をつけたまま、銀色のモールで厚紙に固定されている。モールは包丁の柄と、鞘の先を、それぞれ一ヶ所ずつ厚紙に縛りつけていた。でも、柄のほうを外したら、鞘のほうはわざわざ外す必要はなさそうだ。僕は目だけをお腹のほうに向ける。スマートフォンにはパスコード待機画面が表示されている。自分の誕生日を打ち込んでロックを解除し、着信履歴を呼び出すと、一番上に「間戸村さん携帯」と表示された。ひかりさんの家を出ようとしたときにかかってきたやつだろう。僕はその履歴をタップし、スマートフォンをポケットに戻してから、洩れ聞こえてくる微（かす）かなコール音を誤魔化すため、おほんおほんと咳払（せきばら）いをした。

「……大丈夫か？」

　迫間順平が口を半びらきにしてこっちを見る。たぶん普通の人は、こんなことを言われたら、彼は自分を殺すのをやめようとしているのかもしれないと思うだろう。でも、そうじゃない。いまから自分がやろうとしていることと何の関係もなく、ただ相手の具合が悪そうだから訊いてみただけで、ちょうど、僕がひかりさんの家に戻ったとき、彼女の顔色を気にしたのと同じようなものだ。

「うん、大丈夫」

たぶん間戸村さんは電話に出る。そしてこのスマートフォンは通話状態に切り替わってくれる。応答するであろう相手の声が洩れ聞こえないよう、僕はもう一度、わざとむせた。今度はさっきよりも長く。迫間順平はまた同じような顔でこちらを見たが、もう何も言わない。そのとき、ほんの微かに、ポケットの中から声がした。電話がつながってくれたらしい。

「それにしても、こんな場所で殺されて、人生が終わるなんて、ちょっと予想外だったな」

僕は迫間順平に話しかけた。

「ここって、いったいどこなの？」

「ここは、俺が働いてる会社の修理工場。今日はちょうど上手いこと、休みでな」

「車の修理工場か。何て名前？」

迫間順平は眉をひそめて僕を見る。

水分のない、からからに乾いた目をしている。

「……どうしてだ？」

「べつに、ただ興味があっただけ。見た感じ、けっこうでかいから、聞いたことある工場だったりするかもしれないと思って」

「ああ……社名に、ちょっと英語がつづくだけだよ」

彼は「カー・ドンキー・リペアファクトリー」と、工場のフルネームを答えた。そして、知っているかどうか確認するように、僕の反応を待った。僕はもちろん知らなかったし、そもそもここは、広さこそあるが、床にゴミやネジやきたないタオルが散らばっていて、絶対に有名な工場なんかじゃない。

「やっぱり聞いたことあるよ。このへんでは有名じゃない？」

「どうだろ。さいたま市って、車の修理工場いっぱいあるからな」

包丁の柄を固定しているモールが外された。迫間順平はそのまま柄を引っ張る。新品の刃が鞘からするりと抜ける。

鞘だけ固定されたままの厚紙を、彼はちょっと迷ってから、そのへんに捨てた。もっと時間を稼がなければいけない。さて、このスマートフォンはどうしよう。通話状態になっていることに気づかれたら、その瞬間、彼は僕を刺し殺すだろう。こうしてダウンジャケットのポケットに入っているかぎり、目で見て気づかれることはなさそうだけど、電話の向こうで間戸村さんがいつ声を出し、それが迫間順平の耳に届くかわからない。

迫間順平の顔がこちらを向く直前、僕は通話終了ボタンをタップし、右手をポケットから抜き出した。

迫間順平が近づいてくる。

まるで、出かける前に窓を閉めようとでもしているような、なんとも自然な物腰だった。右手に包丁が握られているのが奇妙に見えるくらいに。

「僕を殺したあと、死体はどうするの？　そのへんもちゃんと考えてる？」

「連休だから、明日考えるよ。営業車、休みの日も自由に使っていいって言われてるし」

包丁を逆手に持ち替え、迫間順平は僕の胸のあたりを思案げに見下ろした。

仕方ない。

「ねえ、確認したいんだけどさ」

もうこの話をするしかなさそうだ。

「坂木錠也がきみのお父さんを殺したから、きみはその坂木錠也に、同じことをしようとしてるんだよね？」

迫間順平は両手を身体の脇に垂らして馬鹿みたいに立ち、訊ね返すように眉を上げた。

「きみは、いっしょに青光園で暮らして、このまえファミレスで久々に会った坂木錠也を、いまから殺そうとしてるんだよね？」

「さっきから、そう言ってるだろ？」

「確認したかっただけ。だって、間違えて人を殺しちゃったらまずいでしょ」

「そりゃ、まずい」

「ならよかった」

迫間順平は首をかしげ、僕の表情を読む目つきになった。

「何でだ？」

「だって僕、坂木錠也じゃないから」

床に寝そべったまま教えてあげた。

「僕たち、今日が初対面だから」

（四）

病室のスライドドアに背中をつけ、息を殺していた。

間戸村さんの声と、もう一つの声が、中から聞こえている。

歩道にバイクを放り出したあと、僕は病院のゲートへと向かったが、あの男はもうどこにもいなかった。帽子をかぶってマスクをつけた、上背のある男。しかし、ゲートを抜けて病院の敷地に入ろうとしたとき、西日を受けた玄関口のガラスドアの向こうに、その後ろ姿を見つけた。ヘルメットを脇に抱えたまま急いでロビーに向かうと、男は受付の窓口で、細長い身体を曲げながら、事務員と何か言葉を交わしているところだった。マスクで顔の下半分が隠れているというのに、とてもにこやかな印象の横顔で、応対している事務員の女の人も、つられたように笑顔を見せていた。

やがて男は事務員に一礼してエレベーターホールに向かった。僕は少し離れた場所からその動きを目で追った。男がエレベーターに乗り込むと、閉じた扉の前まで急ぎ、階数ランプの動きを確認した。ランプが止まったのは間戸村さんが入院している三階だった。僕はすぐさま階段を駆け上がった。三階の壁にフロアの見取り図が張られていて、H状になった廊下の、左右の棒に沿って病室がたくさん並んでいた。廊下を急ぎながら部屋のプレートを端から確認していくと、Hの右上にあたる病室に、間戸村さんの名前があった。そして、スライドドアに手をかけようとしたとき、中から声が聞こえてきたのだ。

低いトーンの、テレビで聞き憶えのある声。

間違いなく政田宏明のものだ。

耳をすます。会話の内容までは摑めないが、抑揚から判断すると、さっきから政田は何かを訊き出そうとしているようだ。そして間戸村さんはそれに上手く答えられず、しどろもどろになっているらしい。

政田が訊き出そうとしているのは、おそらく僕のことだろう。坂木錠也はいったいどこにいるのか。自分が樫井亜弥のマンションに入るところを撮影した人間は、どこに行けば捕まえることができるのか。

二人の会話が止んだ。

僕はスライドドアの端にぴったりと耳を寄せた。

病室の中で電話が震えている。どちらかのポケットの中から聞こえているような、微かな音ではない。震えているのはたぶん、テーブルなど硬いものの上に置かれた携帯電話だ。間戸村さんのスマートフォンだろうか。耳に神経を集中させていると、隣の病室に入ろうとしていたパジャマ姿のおじいさんが、立ち止まって僕を見た。ドアの向こうでは電話がまだ震えている。政田が何か短く言葉を発する。ビーカーがなんとかと言ったように聞こえた。廊下の先で、おじいさんは頬をへこませて僕の様子を気にしている。電話機の震えが止まる。小さく声が聞こえてくる。間戸村さんでも政田でもない声——僕が知っている声。さっき政田が言ったのは、ビーカーではなくスピーカーだったらしい。かかってきた電話にスピーカーモードで応答しろと言ったのだろう。パジャマ姿のおじいさんが、わざとらしく首をかしげながら自分の病室に入っていく。ドアの向こうではスピーカーごしの声がつづいている。内容の聞き取れない声。一つではなく二つ。そのうち一つは、うどんの声だった。どうしてあの二人がいっしょにいる？　どうして、間戸村さんに電話をかけてきた？

　スピーカーからの音声が、ぷつりと途切れた。

　ほんの囁（ささや）くような政田の声。間戸村さんが怯（おび）えた様子で言葉を返す。靴音がドアの内側に近づいてくる。政田が病室から出てこようとしている。僕はその場を離れ、さっきのおじいさんが入っていったスライドドアを開けて素早く中に入った。おじいさんは掛け布団を持ち上げてベッドに片膝をのせた体勢で、こちらを振り返ってびくんと固まった。

「すぐ出ていきます」

背後のスライドドアを閉じた。

「ほんの少しだけなので、いさせてください」

おじいさんは口を半びらきにしたまま小さく頷いた。

廊下で靴音が大きくなり——さらに大きくなり——遠ざかって消える。

約束どおりすぐにおじいさんの病室を出ると、廊下にはもう政田の姿はなかった。

隣の病室の前まで戻ってスライドドアを開けた。間戸村さんはベッドに横たわり、右手で顔を摑むようにしていたが、ドアの音に顔を上げると、さっきのおじいさんと同じように固まった。

「え、錠也くん……」

両目がぽっかりとひらかれたまま、ほんの数秒のあいだに表情が小刻みに変わっていく。しかしやがて間戸村さんは、何もかもわかったというように、くたっと身体の力を抜いた。右手が布団に落ち、枕元に置いてあった一眼レフカメラのストラップが、ベッドの脇からぶらんと垂れる。

「うっわぁ……俺まで騙（だま）されたわ」

いいい、、、どういうことだ。

「え何、錠也くん、政田がここに来てるって知ってて、いま病院の中からあの電話かけてたの？　政田を騙そうと思って？　もう一人の人は誰だったの？」

まったくわからない。

「あ、まずそこ閉めて。あいつまた戻ってくるかもしれないから」

後ろ手にスライドドアを閉めてベッドに近づいた。間戸村さんの怪我は想像どおりのひどさだった。右足の下半分がギプスで覆われ、パジャマのボタンは上と下だけが留められた状態で、肋骨が折れているのだろう、はだけた部分から分厚いコルセットが覗いている。顔には血の滲んだガーゼが合計四ヶ所、サージカルテープで貼りつけてあり、ガーゼが貼られていない部分も決して無傷なわけではなかった。下唇はかさぶたに覆われていて、右目の白目は血管が切れたらしく、油絵の具をなすりつけたように真っ赤になり、左目は上瞼がステージメイクみたいに紫色に染まっている。ベッドの脇には木製の松葉杖が二本立てかけてあったが、それを使ったところで、大した距離は歩けないのではないだろうか。

「……あいつ人間じゃないよ」

僕の目線に気づき、間戸村さんが苦笑した。

「ものでも壊すみたいに、俺のこと無茶苦茶にしてさ」

「政田はここに何しに来たんですか？　どこに行ったんですか？」

「どこに行ったって……錠也くんが誘い出した場所だと思うよ」

僕が誘い出した——。

「そこって何があるの？　もしかして警察が待機してたりするの？　それとも、さっき言った修理工場って、架空の場所？」

「説明してください。電話は、僕の番号からかかってきたんですか？」

「うん、だから政田がスピーカーで出ろって言ったんだもん。ディスプレイに錠也くんの名前が表示されてたの見て」

「それで、僕は何て言ってたんです？」

知らない国の言葉でも聞いたように、間戸村さんはぽかんと口をあけた。

「だから……なんかまず、殺されかけてるとかって言ったでしょ、それでそのあと犯人役の人に、自分たちがいる埼玉の工場の名前を喋らせて……」

「カー・ドンキーの工場ですか？」

うどんが働いている中古車販売会社の社名を言ってみた。

「そう、カー・ドンキー……なんだええと、リペアファクトリーだっけ？」

ようやく僕は、何が起きたのかを理解した。

うどんはやはり、父親を殺したのが僕であると考えていたのだろう。そしてその仕返しに僕を連れ去り、殺そうとしている。

ひかりさん殺害のあと、僕が警察の目を逃れる場所としてあのホテル街を選んだのは、うどんから聞いた話を思い出したからだ。うどんとファミリーレストランで話をしたとき、住む場所のないうどんの父親が、かつて池袋の安いラブホテルを宿として使っていたと言っていたのを。たぶんうどんも、その話をしたことが記憶にあったのだろう。そして僕を捜しにラブホテル街へ向かったところ、僕を見つけた。

「え、何なの？　いまの電話は錠也くんがかけたんでしょ？　声も番号も錠也くんだったじゃん」

「違うんです」

うどんが工場に連れ去ったのも。

たったいま間戸村さんに電話をかけてきたのも。

「じゃ誰よ？」

田子庸平を殺したのも、ひかりさんを殺したのも。

「いつか説明します」

身をひるがえしてベッドを離れ、背後から間戸村さんが呼びかける声を聞きながら病室を飛び出した。

僕がこの病院までバイクを飛ばしてきたのは、間戸村さんに会えるのはもういましかないと思ったからだ。街に出たら警察に見つかるかもしれないけれど、それでも僕は間戸村さんに会いたいと思った。どうしようもなくなってしまったから――ひかりさんも殺されてしまい、どうしようもなくなってしまったから。怖くて、怖くて、心の底から怖くて、すべてを誰かに打ち明けてしまいたかったから。なのに、けっきょく何の説明もしないまま、僕はいま病院をあとにしようとしている。廊下と階段を走り抜け、ガラスドアを出て冷たい風の中に飛び込む。きっともう、間戸村さんと会うことは二度とない。ぜんぶ壊されていく。もう一人の僕がぜんぶ壊していく。後戻りできない場所へと僕を追い込んでいく。あいつは誰にも見えていない。ひかりさんが説明してくれた疑似(シュード)無視(ネグレクト)のように、見えているのに見えていない。

　ゲートを抜けて歩道を走り、バイクを放り出した場所まで急ぐ。倒れたバイクの傍らに、白衣を着てレジ袋を提げた中年男性が立っている。こちらに顔を向けて軽く手を上げたので、自分に合図をしてきたのかと思ったが、そのとき僕の右側をパトカーが追い越していった。白衣の男性は、心得顔でそちらに会釈する。歩道に放り出されていたバイクのことを、警察に通報したのかもしれない。僕は脇に抱えていたヘルメットをかぶり、そのまま全速力で走った。白衣の男性は目と口を同時に広げて飛び退いた。パトカーが停車し、助手席から制服警官が出てくる。僕はバイクのハンドルを引っ張り上げ、車体を起こしざまシートに飛び乗ってエンジンをかけた。飛び出してきた警官が何か声を上げ、バイクのエンジン音がそれを掻(か)き消した。ギアをローに踏み落としてアクセルをひらく。歩道を走り出すと、ヘルメットホルダーにかけてある予備のヘルメットが並木にぶつかり、車体がぶれた。地面を蹴(け)ってバランスを立て直し、ギアをセカンドに上げてさらにアクセルをひらき、一直線に歩道を走り抜ける。ガードレールの切れ目から車道に飛び出して一方通行を逆走する。前方からワンボックスカーの車体がこちらに向かって迫ってくる。その車の脇をぎりぎりですり抜けたとき、背後でパトカーのサイレンが叫び声のように響いた。

――錠也だよね。

あの夜。

うどんとファミリーレストランで話をした日の夜。

アパートの近くの公園で、僕はもう一人の僕と会った。トイレでトリプタノールを何錠も服み下し、顔を上げたとき、鏡の中にあの目があった。それまで鏡の中で数え切れないほど見てきた僕の目と、よく似ているけれど、明らかに違う目。誰の顔にも見たことがない目。凍りついたような目。

――アパートに行ったんだけど、留守だったんだ。

鏡に映ったもう一人の僕は、真冬だというのに上着も着ていなかった。ジーンズにパーカ。真っ青な色をしたそのパーカを、天井の蛍光灯がくっきりと照らしていた。鏡ごしにその姿を見つめたまま僕は動けなかった。声を出すことさえできなかった。

――だから、この公園で、ずっと待ってた。

こいつは誰だ。

――ここからだと、アパートの窓が見えるから。

どうして僕と同じ顔をしているんだ。

僕が目をそらすことさえできずにいると、鏡に映ったその顔が微かに笑い、氷みたいな両目がすっと広がった。相手は僕の背中に一歩近づいた。体温を一瞬で奪われるような感覚があった。

——さすがに、似てるね。

こいつは誰だ。誰だ。誰だ。胸に繰り返されていたその疑問が、やがて僕の咽喉から口へこみ上げて、かすれた声になった。

相手は表情さえ変えず、その疑問に答えた。

——僕たち、いっしょに生まれたんだよ。

そしてジーンズのポケットに手を入れ、何かを取り出した。

——これ、錠也も持ってる？

ポケットの中から出てきたのは、古い銅製のキーだった。円柱の軸の先に、積み木のお城を横から見たような、凸凹の歯がついたキー。

——自分が死んだら、二人の赤ん坊にそれぞれ持たせてくれって頼んだんだって。十九年前、生まれたばかりの僕といっしょに、乳児院に預けられたキー。

——僕たちのお母さんが。

(五)

「……もう一回、いいか？」

包丁を握った右手を垂らし、迫間順平は背中を丸めて僕の顔を覗き込む。

「だから、いっしょに生まれたの。僕と錠也は」

僕は相変わらず手足を縛られたまま床に寝そべっていた。

「つまり双子で、僕がお兄さん。一卵性双生児って知ってる？」

迫間順平は曖昧に頷きながら、さらに僕のほうへ顔を近づけた。

「それで、お前は？」

「鍵人。鍵の人って書いて鍵人。鍵盤の鍵と同じ。錠也と二人でロック・アンド・キーで、なかなか恰好いいでしょ。僕たちがお腹の中にいるときから、お母さん、そう名付けるって決めてたんだって」

何故なのかは僕も知らないけれど。

「要するに、きみが錠也を捜してラブホテル街をうろついているときに見つけたのは、錠也じゃなかったわけ。僕は錠也じゃないわけ。きみにぶっとばされて拉致されて、いまここにいるのは、きみが恨んでる相手じゃないわけ」

「双子の兄弟がいるなんて、お前……錠也……あいつそんなこと……」

「言ってなかったでしょ。知らなかったんだよ。僕だって、ついこないだまで知らなかったもん」

教えてくれたのは、あの二人——僕を育てた両親だ。

本当なら、いまごろ僕たちは家族三人で北海道にいるはずだった。お父さんが前々から計画していた家族旅行。僕は大学が冬休みで、お父さんも長い連休をとっていた。お母さんも、新聞の配達を止め、しばらく留守にすることを近所の人たちに伝えるなどして、しっかり準備していた。僕たち三人は真冬の北海道でキタキツネを見たり、雪に驚いたり、新鮮な刺身やあつあつの鍋を食べたりしているはずだった。ところが出発の前日、お父さんとお母さんが僕をリビングに呼んで、あの話をはじめた。いままで二人して黙っていた事実を、急に打ち明けた。

いや、向こうにとっては急ではなかったのだろう。お父さんによると、もともと旅行自体がその告白とセットだったらしい。僕の人生に関わる重要な打ち明け話をしたあと、北海道の大自然の中で、じっくりそれを咀嚼させようということになっていたそうだ。

でもけっきょく、あの話のせいで、旅行はなくなってしまった。

――お前は、ジッシじゃない。

そんな切り出しかただった。僕がその言葉を「実子」だと理解したときにはもう、お父さんは用意していたことを喋るときの口調で、話をはじめていた。僕はお父さんの唇ばかりを見つめてそれを聞いた。唇は、ひらいたり閉じたり、ときどき止まったりしながら、常に上下左右に揺れているように見えた。

二人が結婚して十年と少し経った頃、お母さんのほうに問題があり、子供はつくれないと医者に告げられたのだという。でも、お父さんとお母さんはどうしても子供がほしかった。だから、養育家庭制度について相談するため、たくさんの児童養護施設を回った。そして最後に見つけたのが、埼玉県にある青光園という、設立されたばかりの児童養護施設だった。

お父さんとお母さんはそこで双子の男の子と出会った。

——青光園が預かっていた子供はまだ、その双子だけだった。職員もいなくて、磯垣さんという園長が一人きりで経営していた。

双子は当時、二歳半だった。

お父さんとお母さんは園長から、双子が青光園にやってきた経緯(いきさつ)を聞いた。郊外のパブで起きたショットガンの発砲事件。被害者が妊娠していた双子。死ぬ前に彼女が病院でその双子を産み落としたこと。乳児院に預けられた双子を、それから二年数ヶ月後、被害者と古い知り合いだった磯垣園長が、青光園を設立すると同時に引き取ったこと。

——そのとき磯垣園長に、子供たちの父親についても訊ねてみたんだ。

（六）

あの夜、公園のトイレに現れた鍵人を、僕はアパートに連れ帰った。

はじめのうちは動揺がおさまらず、まともに口も利けないほどだった。でも不思議なことに、自分とそっくりな顔を眺め、そっくりな声を聞きながら話をしているうちに、だんだんと気持ちが落ち着いてきた。

そう、落ち着いてきた。生き別れになった兄と会えた嬉しさが、だんだんと身にしみて、漠然とした安心感のようなものが胸の底に広がった。

その兄がどんな人間なのか、まだまったくわかっていなかったから。

鍵人の口から僕はすべてを聞いた。十九年前、母が産み落としたのは僕だけでなく、双子の男の子だったこと。青光園が預かった最初の子供は、僕一人ではなかったこと。

そして。

——ショットガンをぶっ放した田子庸平っていうのが、僕たちの父親なんだって。

鍵人を育てた夫婦に、磯垣園長がそう説明したのだという。

——僕たちのお母さんが、死ぬ前に病院で園長さんだけに打ち明けたみたい。パブで起きたのは、本当は強盗事件なんかじゃなかったって。働いてた割烹料理屋がつぶれて、お母さんが路頭に迷ってたときに、その田子庸平と知り合って——。

双子を身ごもった。

しかし田子庸平の暴力により、身の危険を感じて逃げ出した。その後、パブ「フランチェスカ」で働きはじめたが、居場所を突き止められてしまった。

——田子庸平はショットガン片手にそこへ行って、僕たちのお母さんと、お腹の中の僕たちを取り戻そうとしたんだ。

でも母は従わなかった。

——で、田子庸平はお母さんを撃ったわけ。

田子庸平がうどんの父親であることを、僕はその日にファミリーレストランで知ったばかりだった。それだけでも充分に大きな衝撃だったというのに、さらに、同じその田子庸平が僕の父親でもあることを知った。いや、僕たちの父親でもあることを知った。

――田子庸平って人、ちょっとおかしいよね。

鍵人はあの氷みたいな目で部屋の天井を見上げながら、まるで自分と何の関係もない噂話でもするように、ずっと口許(くちもと)に笑いを浮かべていた。

――妻子持ちのくせに、ほかの女の人をはらませて、その人が逃げたら追いかけて、従わなかったらショットガンで撃っちゃうなんてさ。どうかしてるよ。

あまりにたくさんの事実をいっぺんに知りすぎて、僕はまた口を利くことができなくなっていた。それでも必死で頭を冷静に保とうとした。そうしないと、自分がどうなってしまうかわからなかった。知りたいことは二つあった。一つは、どうして磯垣園長は僕に、父親が田子庸平であることを隠していたのか。もう一つは、どうして僕たち兄弟は別れ別れになり、いままでお互いの存在さえ知らなかったのか。

動かない顎を無理に動かして、なんとかそれらの疑問を口にした。

そして、鍵人の説明により、二つの答えが同じものであることを知った。

(十)

僕の顔色を観察しながら、お父さんはリビングで話をつづけた。

――磯垣園長から話を聞いて、お父さんとお母さんは、自分たちの手でなんとかしてやりたいと、心から思った。哀しい事件の被害者が残した、可哀想な子供たちを、なんとかしてやりたかった。だから……。

僕たちを育てたいと思った。

いや、違う。

正確には、僕たちのうち一人を育てたいと思った。

――もちろん、本当は、どちらも育ててやりたかった。でも、そう願ったところで、子育てをしたことがないお父さんたちには、それを上手くやってのける自信なんてなかったんだ。

悩んだ末、お父さんとお母さんは磯垣園長に相談をした。鍵人と錠也――双子の男の子のうち、一人だけを預かるというのは可能かどうかを。園長はいったんその提案を預かったが、数日後に電話をかけてきて、三人であらためて話し合うことになった。何回かにわたる話し合いの結果、双子のうち一人だけを里子に出すことに、園長は同意した。

――子供が家庭の中で育つことを、園長は優先してくれたんだ。もし双子を同時に引き取らなければならないとなると、ひょっとしたらいつまで経っても里親希望者が現れなくて、最終的に二人ともずっと施設で暮らすことになるかもしれないからと。

でも、じつは別の理由もあったのではないかと、僕は思っている。

磯垣園長は、僕たち二人をどちらも手放すことが嫌だったのではないか。長年の夢を叶（かな）えて、やっとつくり上げた児童養護施設が、すぐに空っぽになってしまうことが嫌だったのではないか。しかも、僕たちの母親と園長は、もともと同じ養護施設で育った仲で、だからこそ僕たちが青光園の最初の入園者になったのだという。可哀想な幼馴染（おさななじみ）の忘れ形見を、もう少しのあいだ、自分の手で育てていたいという利己的な思いを、園長は抱いていたのではないか。

――お父さんとお母さんは、お前たちのうちのどちらを引き取るかを、園長と相談した。そのとき……青光園で園長と話し合いを持ったとき、錠也くんのほうは、風邪から軽い肺炎にかかって、薬で治療を受けている最中だった。

だから、お父さんとお母さんは僕を選んだ。

――犬みたいに？

僕がそう言うと、お父さんとお母さんの目が同時に広がった。

信じられない言葉を聞いたという顔だった。信じられないような話をしているのは自分たちのほうなのに。とはいえ、二人の驚きを理解することはできた。小さい頃から大人しくて、何でも言うことを聞いて、学校ではいい成績を取りつづけて、最難関の大学に現役で合格して、誰に対してもいばって見せびらかすことができる僕が、初めてそんな言葉を口にしたのだから。

――ごめん、つづけて。

頰を持ち上げて先を促した。

でもそのときにはもう気づいていた。後戻りできない変化が僕の中で起きはじめていた。いや、変化じゃない。ひかりさんや錠也の話を聞いた、いまならわかる。僕はあの夜、リビングのソファーに座ってお父さんの話を聞きながら、やっと本当の僕になった。

——お父さんとお母さんは、里子としてお前を預かって、いっしょに暮らしはじめた。まだこの家を建てる前、マンションにいた頃だ。お前が年長のときまで住んでたから、あのマンションは憶えているだろう？

——うん、憶えてる。写真だって何度も見たし。

家族のアルバムにおさめられた、たくさんの写真には、オモチャに囲まれたり、虫カゴに手を突っ込んだりしている僕と、それを見て笑うお父さん、そうでなければお母さんが写っていた。

——お前を預かってしばらく経った頃、どうにか子育てが上手くいきそうに思えてきた。だから、お父さんとお母さんは、磯垣園長とまた話し合いをした。

その話し合いで、僕を本格的に養子として迎え入れることが決まった。

僕は坂木鍵人から貴島（きじま）鍵人になった。

——お前を養子にすることが決まったとき、青光園の園長から預かったものがある。

そう言ってお父さんがテーブルに置いたのが、あのキーだった。何に使うものなのかは、いまも知らないけれど。

——お前たちの実のお母さんが、病院で亡くなる前、もしこのまま自分が死んでしまったら、生まれてくる子供たちに一つずつ持たせてくれと頼んだらしい。

（八）

僕が抱いた二つの疑問。

磯垣園長はどうして僕の父親が田子庸平であることを黙っていたのか。どうして僕と鍵人は互いの存在を知らないまま十九歳まで生きてきたのか。

――僕を引き取るとき、お父さんとお母さん、園長に約束してもらったんだって。

鍵人の話が、僕にその答えを教えた。

――それぞれの子供が大きくなるまで、父親のこととか、双子の兄弟がいることを、錠也に話さないでくれって。自分たちも、僕が大きくなるまでは話さないつもりだからって。

園長はその約束を承諾した。

――僕のお父さんとお母さんが、いつか僕にぜんぶ打ち明けたら、そのときはすぐに園長に連絡をする。そうしたら、園長も錠也に話す。そういうことで相談がまとまったみたい。

一年九ヶ月前、青光園を出る直前、僕が駐輪場でバイクのシートにガムテープを貼っていると、園長先生が話しかけてきた。あのとき先生は僕に、母親のことを打ち明けた。僕の母親と園長先生が同じ児童養護施設で育ったことや、母親が散弾銃で撃たれて死んだことを。本当は、あのとき先生は、もうすぐ園を出ていく僕に、すべてを打ち明けたいと思っていたのではないか。父親のことも、双子の兄がいることも。でも、貴島夫妻との約束があったから、それができなかった。

——どうして……？

そう訊かずにはいられなかった。

——父親が母親を殺したっていうことだけなら、まだわかるよ。それだけなら、僕とか鍵人が大きくなるまで話さないのは理解できる。でも、何で双子の兄弟がいることまで隠そうとしたの？

——さあ、何でだろ。

僕と向き合って座った鍵人は、首をかしげ、壁に視線を向けた。そして、それ以上何も言わなかった。ぽっかりとひらかれた両目が、いままでよりも温度を下げ、そこから洩れ出てくる寒々しさが、床を伝って僕の身体にも染み込んできた。あのとき鍵人はいったい何を考えていたのだろう。いまも僕にはわからない。でも、何もないところを見つめる鍵人の、凍りついた両目の奥に、僕が感情らしいものを見て取ったのは、そのときが最初で最後だった。

（弐）

――どうして？

僕はリビングでお父さんに問いかけた。後に錠也が僕に向かって口にしたのと、まったく同じ質問だった。

何故、双子の兄弟がいることを話さないよう園長に頼んだのか。

思えば、あのときお父さんが返した答えが、たぶん、ぜんぶのきっかけだった。こんなことになってしまったきっかけだった。

お父さんはその質問に、はっきりとまごついた。でも、それを隠そうとして、いつも以上に落ち着いた声を返した。ゴムマスクみたいになった顔の、上唇の両端や頬のあたりが、醜く歪(ゆが)んでいた。

――養子であること自体を、お前が大きくなるまで、話さないつもりだったからだ。

たしかに、双子の存在を話すということは、僕が養子であるという事実を打ち明けるということだ。

――血の繋がった肉親がいると知ったら、その肉親に対して鍵人が……お前が……お父さんとお母さんに対するもの以上の愛情を抱くんじゃないかと思った。いまにしてみれば、ひどく身勝手だったことは認める。すまなかったと思っている。でもお父さんとお母さんは、お前と本当の親子になりたかった。自分が養子であることも、肉親が存在することも、お前には知ってほしくなかったんだ。

それを聞きながら僕は考えていた。もしかしたら、そもそも双子のうち一人だけを預かることに決めたのも、二人を同時に育てる自信がなかったからではなく、親子愛よりも強い兄弟愛を──書類で繋がった親子よりも強い血縁の繋がりを、間近で見てしまうのが怖かったからではないのか。

田子庸平がやったことと、いったい何が違うのだろう。

あの男はパブでショットガンをぶっ放し、僕たちから母親を奪った。いっぽうで、お父さんとお母さん、そして青光園の園長は、僕と錠也に嘘をついて、僕たちからそれぞれ兄弟を奪った。

お父さんの答えを聞いたあと、僕は何も言わなかった。翌朝に持っていくつもりの、北海道旅行の荷物が壁際に寄せられたリビングで、僕たち三人は長いこと黙り込んでいた。お父さんは上瞼を垂らし、向かい側に座った僕の膝のあたりを眺め、お母さんは両手を、まるで何かを練り込もうとでもしているように、ひっきりなしにもみ合わせていた。

──もう寝るよ。

ソファーから立ち上がると、お父さんもお母さんも、ぎこちなく頷いた。

二階に上がっていく僕の背中を、二人の視線が追ってくるのがわかった。

翌日、僕は朝一番で北海道のホテルに電話をかけて宿泊をキャンセルした。そして、生き別れになった双子の弟、坂木錠也に会うべく家を出た。持ち物は、家にあった現金と、財布と、スマートフォン、そしてあの小さなキーだけだった。上着さえ着るのを忘れて玄関を出たのに、どうしてか寒さはまったく感じなかった。

最初に向かったのは青光園だった。

僕が貴島家にもらわれたあと、はたして錠也にも里親が見つかったのか、見つからなかったのか。いずれにしても子供が児童福祉施設にいられるのは基本的に十八歳までだから、錠也がもうそこにいないことはわかっていた。僕が青光園に行ったのは、錠也の現住所を知るためだ。

スマートフォンのナビを頼りに、家から二時間くらいかけて青光園にたどり着いた。

——あらま、錠也くん。

園庭を横切って建物のほうへ向かおうとしたら、いきなり声をかけられた。

僕に微笑みかけていたのは、エプロンをした中年の女の人だった。彼女が戸越先生だと知ったのは、その後、錠也に会って、青光園での生活についていろいろと聞かされてからのことだ。

相手が僕を錠也だと思っているようだったので、ためしに立ち止まり、笑いかけてみた。

——こんにちは。

——はい、こんにちは。

僕を正面から見ても、何の疑いも持っていないようだった。

——卒園以来ね、懐かしい。

なるほど、「卒園」ということは、どうやら錠也は里子にもらわれず、ずっとこの青光園にいたらしい。

ここで弟は、いったいどんな生活を送ってきたのだろう。やっぱり、ずっといい子だったのだろうか。勉強がよくできたのだろうか。でも、いくら勉強ができても、児童養護施設で暮らしているかぎり、僕みたいに進学塾へ通ったり、私立の小学校や中学校や高校に進むことはできなかっただろうし、ましてや大学へ入ることなんて考えもしなかったに違いない。授業参観の日は泣いていたのだろうか。学校の友達と、夏休みの過ごし方などを喋っているとき、強がって嘘をついたりしていたのだろうか。そんな想像をすることは、まるでもう一人の僕の人生を思い描くようで、ちょっと楽しかった。

——元気でやってる、錠也くん？

——元気ですよ。

ひょっとしたら、このまま錠也のふりをしているほうが、すんなり住所を知ることができるかもしれない。錠也に双子の兄がいるという事実は、本人が教えられていないくらいなのだから、職員たちも園長から知らされていない可能性がある。その兄がいきなり現れて錠也の住所を訊くというのは、ずいぶん大ごとだ。

そのあたりのことを考えて僕は、僕の住所を教えてもらうことに決めた。

——あの、ちょっと確認したいことがあったんですけど。

方法はすぐに思いついた。

——今年のお正月に年賀状を出してくれましたよね？

——出したと思うわよ、園長先生が。卒園生にはみんな出してるから。

上手くいきそうだった。

——それがですね、なんか、別の部屋の郵便受けに入っちゃってたんですよ。すぐそばのアパートなんですけど、宛先に、そっちの住所が書いてあって。たぶんメモだかデータだかが間違ってるんじゃないかな。今年も年賀状を書く時期になったから、確認しといたほうがいいと思って。

——あらま、それじゃ、すぐ見てみなきゃ。

すんなり成功したと思ったら、

——いま園長先生を呼ぶわね。

まずいことになった。

——園長先生ー！

戸越先生が叫ぶと、園舎の窓越しに、眼鏡をかけた男の人が顔を向けた。僕を見て、お、と口をあけ、すぐに部屋を出て園庭に現れた。

——なんだなんだ錠也、どした。

戸越先生と同様、園長先生もまったく疑っていないようだった。最後に錠也に会ってから長いこと経っていたのと、十七年前にもらわれていった双子の片割れが急に現れるなんて予想してなかったのと、何より、僕と錠也の顔が本当によく似ていたからだろう。

いや、あとになって思い返してみれば、僕たちは顔そのもの以上に、目が似ているのかもしれない。公園のトイレで錠也と初めて会ったとき、鏡に映った錠也の目が氷みたいに冷たくて、僕は驚いたけれど、そのすぐそばに映った自分の目も、まったく同じであることに気づいて、もっと驚いた。どちらもまともではなかった。少しでもまともさを残しているとしたら、むしろ錠也のほうだろう。

——どうも、お久しぶりです。

余計なことは喋らず、さっきの年賀状の話を、僕は園長先生に繰り返した。

——隣のアパート？　そんなわけないんだが……まあ、ちょっと待っててくれるか。

園長先生は建物の中へとって返すと、住所が一行きり印刷されたA４の紙を持ってきた。あれはたぶん、住所録のデータから抜き出してプリントアウトしてきたのだろう。

僕はその紙を見て、合ってますねと言いながら首をひねり、住所を暗記して、忘れてしまう前にさっさと青光園をあとにした。

電車を乗り継いで錠也のアパートに着いたときには、もう夜になっていた。

錠也は留守のようだったので、近くの公園に移動した。ベンチに座ってアパートの窓を見上げながら、じっと錠也の帰りを待った。しかし、その窓に明かりが点く前に、公園の入り口にバイクが停まった。運転者がヘルメットを外すと、中から現れたのは、見事に僕そっくりの顔だった。暗がりからその顔をぽかんと眺めているうちに、相手は両足を引きずるような歩き方で、僕のすぐそばを通り過ぎ、公衆トイレに入っていった。僕はベンチから立ち上がり、弟と初めての対面をすべく、四角い明かりが灯ったトイレに向かった。

（十）

生まれて初めての兄弟の会話は、そのあともひと晩中終わらなかった。離ればなれで暮らしたそれぞれの十七年間を、僕たちは互いに語った。貴島家にもらわれていった鍵人は、僕とはまったく違う世界で生きていた。私立の名門小学校、中学校、高校、そして、僕でも名前を知っている、東京で一番頭のいい人たちが行く国立大学。僕たちは、同じ顔と同じ背恰好、同じ遺伝子を持っているはずなのに、あまりに違った。

どうして鍵人だったのだろう。どうして僕じゃなかったのだろう。貴島夫妻が双子のうち一人を青光園から引き取ったとき、僕がただ風邪をこじらせて肺炎を起こしていたというだけで、二人の人生は大きく変わってしまった。

——でも、錠也のほうがまともだと思うよ。

笑いかける鍵人の言葉を、そのとき僕はまだきちんと理解していなかった。

うどんから聞いた話を打ち明けたのは、もう深夜三時を回った頃のことだ。青光園でいっしょに過ごした迫間順平という友達の父親が、最近出所して、二人でいっしょに暮らしていること。その父親というのが、ついさっき鍵人が僕たちの父親だと言った、田子庸平であること。

それまでずっと切り出せずにいたのだ。うどんから、僕の母を殺したのがあいつの父親だったと聞いたとき、僕はもう少しで自分を抑えられなくなりそうだったから。鍵人も同じようになってしまうかもしれないと思ったから。でも、僕がうどんからファミリーレストランで話を聞いたときは、まだ田子庸平が自分の父親であることを知らなかった。それを知ったいま、田子庸平に対する恨みと怒りは少しだけかたちを変え、コントロール可能なものになっている気がした。だから、鍵人に話しても大丈夫だと思った。

——今日、聞いたばかりのことなんだけど。

以前に間戸村さんからもらった週刊誌の記事を取り出し、それを見せながら、僕は大宮のファミリーレストランでうどんから聞いた話を伝えた。

——皮肉なもんだね。

返ってきた言葉は、それだけだった。

僕の話を聞いているあいだも、聞いてからも、鍵人は表情さえ動かさなかった。

そのときあらためて身にしみたのは、やはり自分と鍵人との大きな違いだった。田子庸平という男は僕から、あったかもしれないもう一つの人生を奪い去った。それが、田子庸平に対する怒りと恨みの理由だった。でも鍵人は違ったのだ。奪われたもののかわりに、鍵人には幸せで裕福な人生と、両親が与えられた。きっと、田子庸平に対する感情も、僕とはずいぶん違うのだろう。そう思った。思ってしまった。

僕と鍵人は、それからアパートでいっしょに暮らした。互いに外出はほとんどせず、したとしてもごく近所で、すぐに部屋へ戻ってきた。鍵人は上着を持っていなかったので、外に出るときは僕の古いダウンジャケット——袖の破れたあのダウンジャケットを着ていき、いつしかそれは鍵人のものになった。部屋にいるとき、僕たちはぽつぽつと会話をしたり、眠ったり、いっしょにテレビを見たり、二人が持っているあのキーを床に並べて観察したりした。僕たちのキーはまったく同じかたちで、何を開けるためのものなのかは、やはりどちらもわからなかった。

——お父さんとお母さんと、ちょっとケンカしちゃったから。

家に帰らない理由を、鍵人はそう説明した。

僕は、できれば両親と仲直りをしてほしくないと思った。僕にとって初めての、家族との時間だったから。このまま鍵人と、できるかぎり——いや、本当はずっと、いっしょに暮らしたかったから。僕たち二人の人生の違いを思い、胸の中が真っ白になるような感覚に襲われることもしばしばあった。でも、トリプタノールを馬鹿服みすることで、それを忘れられた。たぶん、もともと鬱病（うつびょう）の治療薬として使われている薬だったからだろう。これを服みつづけていれば大丈夫だし、いつか薬なんて必要なくなるかもしれない。そう思っていた。

ある日、鍵人が午前中にアパートを出たきり戻ってこなかった。

電話をかけても出ず、僕は鍵人が急に両親のもとへ帰ってしまったのではないかと不安になった。耐えきれずにアパートを飛び出し、バイクで街中を捜し、何度かアパートに戻ってみては、またあちこち捜しに行ってみたけれど、見つからなかった。

夕方になって、鍵人はふらりと帰ってきた。

――田子庸平のところに行ってきたよ。

僕があげたダウンジャケットを脱ぎながらそう言った。

――錠也のふりして青光園に入って、迫間順平の住所を戸越先生に教えてもらって。戸越先生、また遊びに来てくれたの、なんて言って笑いかけてくれたけど、そのうちだんだん顔が人形みたいに硬くなってきて面白かった。

――何で田子庸平のところなんかに……。

僕の言葉が聞こえなかったかのように、鍵人はつづけた。

――青光園に行く前にね、最初は錠也のスマホから迫間順平に電話かけて、直接住所を訊き出そうとしたんだけど、なんか警戒されて、教えてくれなかったんだ。だからわざわざ青光園まで電車で行かなきゃならなくて。錠也のスマホ、パスコードが誕生日なんだね。ためしに自分の誕生日を打ち込んでみたらロック解除されたから、笑っちゃったよ。

くすくすと笑う鍵人のすぐ正面に、僕は立った。

——田子庸平のところに行って……何したの？

——殺してきた。

まるで街で見聞きした他愛ない出来事のように、鍵人は答えた。

——何で——。

実の父親であることを知っているのに。

——何でって？

——どうしてそんなこと——。

鍵人に対する恐怖が、深々と僕の胸に刻まれたのは、その答えを聞いたときのことだ。でも、恐怖とともに、鍵人に対する強い一体感のようなものが刻まれたのも、同じ瞬間だった。

——あったかもしれない僕の人生を奪われたから。

僕の胸の中に長いこと聞こえていたのと、そっくり同じ言葉だった。青光園を出るとき、園長先生から事件の話を聞いて以来、ずっと胸の中でうずまいていた、僕の言葉そのものだった。

田子庸平の殺害は翌朝のニュースで報道された。

朝食がわりにプリングルズを一缶ずつ食べながら、僕たちは並んでテレビ画面を眺めた。鍵人が警察に捕まってしまうのではないか、いやもしかしたら自分が間違って捕まってしまうのではないかという心配よりも、自分自身が長年思い描いてきた大仕事を、ようやく終えたという気持ちのほうが強かった。きっとそれは、前夜に聞いた鍵人の言葉のせいだったのだろう。僕たちは田子庸平という男に対して同じことを感じ、同じ言葉が胸にうずまいていた。その言葉に素直に従ったのが、たまたま鍵人だった。僕はいつのまにか満ち足りた気分でニュースを眺めていた。飽きたら鍵人と二人でマリオカートをやり、それにも飽きたらまたニュースを見た。

午後に、うどんから電話があった。うどんは事件の前日にかかってきた僕からの電話と殺人とを関連づけて、僕が父親を殺したのではないかと問い質した。

やってないと、僕は正直に答えた。

——ま、警察に話すような真似はしてないでしょ。

鍵人はそう言ったけれど、おそらくうどんは警察に、僕からの電話のことを話したのだろう。やがて刑事たちがアパートにやってきた。僕は部屋の戸をぴったりと閉じ、鍵人の姿を隠してからドアを開けた。谷尾刑事と竹梨刑事に、昨日は何をやっていたかと訊かれたので、バイクであちこち走り回っていたと本当のことを答えた。そのあと刑事たちは僕の髪の毛を小さなポリ袋に入れて持ち帰った。僕は玄関に立ったまま、スマートフォンでDNAについて調べてみた。そして、一卵性双生児のDNAがまったく同じだということを知った。生活環境や習慣によって、多少の変化が出ることはあるそうだが、それを見分けるにはたくさんのサンプルが必要らしい。そんな記事を読んでいるうちに、なんだか僕と鍵人のどっちが田子庸平を殺したのかも、よくわからなくなってきた。

刑事たちが歩き去っていった外階段をぼんやり眺めていると、鍵人が部屋から出てきて隣に立った。

——ちょっと、まずいね。

どちらがそれを言ったのかも、もうよく思い出せない。

（十二）

「お前が錠也じゃないっていうのは、わかったけどさ」

迫間順平は相変わらず包丁を握ったまま、眉根を寄せて僕を見下ろしている。

工場の外では夕日が沈んだようで、天井近くに切られた窓はもう暗い。

「俺のお父さんを殺したのは、どっちなんだ？」

「錠也だよ。最初はきみに電話をかけて住所を訊き出そうとしたけど、教えてくれなかったから、青光園まで行って調べたんだって。あの日、錠也が急にいなくなったもんだから、僕、心配しながらアパートで待ってたんだ。そしたら錠也、夕方に帰ってきて、きみのお父さんを殺してきたって得意になってた」

言葉が脳みそに届くまで少し時間がかかるタイプなのかもしれない。迫間順平は数秒間ぼんやりしたあと、急に顔全体に力を込めた。

「……錠也がどこにいるか教えろ」

「知りたいんなら、これをほどいて自由にしてよ」

手足を縛るロープは、どちらも前側で固結びになっている。

「僕は、きみのお父さんを殺してないほうなんだから」

（十二）

サイレンをようやく引き離し、大宮方面に向かって大通りを飛ばしつづけた。空はもう暗い。パトカーと白バイの追跡をかわしているうちに、ルートを大幅に変更させられ、目的地との距離を縮められないまま時間ばかりが経ってしまった。それに加えて、何かがおかしい。以前は勢いよく突き抜けられたはずの、車とガードレールの隙間や、パトカーと中央分離帯の隙間に、どうしても飛び込んでいくことができない。事故を起こしたら、うどんに捕まっている鍵人を助けに行くことができなくなるからだろうか。自分が冷静である証拠なのだろうか。

いや、本当はわかっている。

僕はもうかつての僕じゃなくなってしまった。鍵人が僕に植えつけた、それまでずっと知らなかった恐怖という感情が、僕をおかしくしてしまった。

路地にバイクを滑り込ませて停め、ダウンジャケットのポケットからスマートフォンを取り出す。うどんが鍵人を監禁している工場の場所を正確に把握しておかなければならない。取り出したスマートフォンは、自分のものではなく鍵人のものだ。二人で池袋のラブホテルに隠れているあいだ、僕のスマートフォンの発信電波は警察に監視されているだろうから、ずっと電源を切って、新しいダウンジャケットのポケットに突っ込んだままでいた。そのダウンジャケットを今日、鍵人が間違えて着ていってしまった。僕がそれを知ったのは、間戸村さんの病院に向かおうとしたときだ。ソファーに脱ぎ捨ててあったダウンジャケットを掴み上げたとき、左袖に破れ目があることに気がついた。政田宏明の車を追跡した夜、軽トラの荷台にこすってできた破れ目だった。部屋に残されたダウンジャケットのポケットには、鍵人のスマートフォンが入っていた。

バイクにまたがったまま、鍵人のスマートフォンに誕生日を打ち込んでパスコードを解除する。ナビアプリが入っていたので、それを起動してみると、青光園、僕のアパート、そして埼玉県さいたま市の住所に向かった履歴があった。最後のものは、田子庸平を殺しに行くときに入力した、うどんの住所に違いない。

「カー・ドンキー・リペアファクトリー」という、間戸村さんが電話ごしに聞いた工場名を打ち込む。しかしナビアプリではヒットしなかったので、ブラウザを起動して検索をかけた。うどんが働いている「カー・ドンキー」のホームページが見つかった。修理工場の住所が、サイトの下のほうに書かれている。その住所をコピーしてナビアプリに貼りつけ、ルートを表示させた。それを頭に叩き込み、ふたたび走り出そうとスマートフォンをダウンジャケットのポケットに突っ込んだとき、そこに小さな紙箱が入っていることに気がついた。取り出してみると、錠剤のパッケージだった。

ひかりさんの家で、鍵人がこの薬を服んでいたのを憶えている。

——わたし、順平くんのお父さんを殺したのは、あなただと思う。

彼女が鍵人を真っ直ぐに見つめてそう言ったときのことだ。隣に座る鍵人への恐怖が、にわかに襲ってきて、僕は目を固く閉じ、じっとアナログ時計の音を聞いていた。やがて目を開けると、もう鍵人がこの錠剤をコーヒーで服んだあとだった。その直後、僕は鍵人をひかりさんのもとから引き離そうと席を立ち、そうしているうちに間戸村さんから電話がかかってきて、さらに僕が電話に応対しているあいだに鍵人が彼女を殺してしまったので、この薬のことは完全に頭から消えていた。

いったい何の薬なのか。

ヘッドライトのそばに紙箱を近づける。そこに書かれている説明は英語で、僕には読めなかったけれど、薬の名前は Propranolol というらしい。一秒でも早く鍵人のもとへ向かいたい気持ちを抑え、スマートフォンのブラウザで Propranolol を検索してみる。ヒットしたサイトによると、「プロプラノロール」は狭心症の薬だった。その説明書に目をやったとき、「心拍数を減少させる」という文字列に視線が張りついて動かなくなった。僕が間戸村さんに買ってもらって服んでいるトリプタノールと、名前は似ているけれど、まったく反対の作用を持つ薬のようだ。

いったいどうして鍵人はこんなものを服んでいるのか。

アパートで鍵人と暮らしはじめたとき、僕がトリプタノールを服んでいるのを見て、それは何かと訊かれたことがある。そのとき僕は、かつてひかりさんに教えられた、僕たちみたいな人間の特徴——心拍数が低いという特徴と、それが原因で反社会的な行動に出るという説を話し、だからなるべく自分を抑えるために薬を服んでいるのだと説明した。

——なるほどね。

鍵人はただそう言って頷いていた。

（十三）

——信用できる人だから。

そう言って錠也が僕を連れていったのは、青光園でいっしょに暮らしていたという、ひかりさんの家だった。僕は錠也に渡された予備のヘルメットをかぶり、バイクのリアシートに乗った。

到着したのは、「亀岡」という表札を掲げた、ずいぶん大きな家だった。

錠也がインターフォンを押して名乗ると、ひかりさんはすぐにドアを開けた。彼女は僕たちの顔を見るなり、まるで漫画みたいに両目を丸くし、眼鏡の向こうからまず錠也を見て、僕を見て、錠也を見て、また僕を見た。長いこと会っていなかった思い出の少年が、急に自宅を訪ねてきたと思ったら、二人になっていたのだから無理もない。

ひかりさんは僕と錠也をリビングに通してくれた。ソファーに並んで座り、錠也が自分の身に起きた出来事をすべて彼女に説明した。卒園の直前、園長先生から母親の話を聞かされていたこと。迫間順平からの突然の電話。大宮のファミリーレストランで彼と会ったこと。迫間順平は自分の母親を撃った田子庸平の息子だったこと。その帰り道、児童公園のトイレに僕が現れたこと。そして僕から聞いた話。——田子庸平が実の父親だったこと。青光園に預けられた双子の兄弟。貴島家に引き取られていった僕。園に残された錠也。迫間順平の父親が前日に刺し殺されたこと。警察は完全に自分を疑っているらしいこと。

ただし。

——順平くんのお父さんが殺されたことについて、質問してもいい？

一つだけ、錠也はあのとき嘘をついた。

——犯人が誰だかわからないっていうのは、本当なのね？

たぶん、ひかりさんが、思っていたよりもまともだったからだろう。ぜんぶ打ち明けてしまったら、すぐにでも警察に連絡するよう僕たちを諭すか、あるいは僕たちを帰したあと、通報するかもしれないと考えたのだろう。ひかりさんとは初対面だったけど、はっきり言って僕もそう思った。彼女の印象は、錠也から聞いていたものとずいぶん違っていた。

綺麗に片付いたキッチンで、ひかりさんは僕たちにコーヒーを淹れてくれた。彼女自身はコーヒーが苦手らしく、出されたカップは二つだった。ひかりさんは反対側のソファーに座り、ときおりペットボトルのレモンティーを飲みながら、僕たちに鏡像の話をしてくれた。

彼女が読んでいた分厚い本に印刷されていた、単純な線で描かれた二つの顔。その顔を眺めながら僕が思いをめぐらせていたのは、自分自身と錠也のことだった。そしてたぶん、隣で錠也もそれを思っていた。

まったく同じ遺伝子を持つはずなのに、僕たちは違う。顔かたちの細かな差異とか、そんなことじゃなく、錠也がバイクの免許を持っていて僕が持っていないとか、アパートに住んでいるとか一軒家で暮らしてきたとか、そういうことでもなく——もっと大きな何かが違っている。青光園で生活しつづけ、嫌いな先生に大火傷を負わせたり、ひかりさんの里親の家を燃やしたりして、しばしば自分を解放してきた錠也。いっぽうで、まっとうな家庭に引き取られ、お父さんとお母さんに厳しく育てられながら、ずっといい子でいた僕。

——お母さんの身体に入った鉛が、子供の脳みそに影響を与えたんだと思う？

あのとき錠也はひかりさんにそう訊いた。僕たちのおかしさ。いや、きっと錠也は、とりわけ僕のおかしさを思っていたのだろう。離ればなれに暮らした十七年間の出来事を聞いてみると、錠也も相当に普通じゃなかったけど、僕みたいに何のためらいもなく人を殺すような人間にはならなかった。

錠也の質問に、ひかりさんはこう答えた。

——可能性がないかといえば……たしかに、あるかもしれない。

僕が初めて会話に口を挟んだのは、そのときのことだ。

——ところでさ。

長いこと黙っていたせいで、声が咽喉に引っかかってかすれた。咳払いをひとつしてから、僕はずっと訊いてみたかったことを彼女に訊いた。

——サイコパスっていうのは、遺伝もするの？

ひかりさんはちらっと錠也のほうを見た。僕が急に口をひらいたものだから、戸惑ったのだろう。錠也にジェスチャーで促され、彼女は僕の質問に答えた。

——遺伝するケースが、たくさん報告されてはいる。

——ああ、じゃあやっぱり……。

田子庸平を父親に持った僕たちは、母親のお腹に宿った瞬間からもうすでに、こんなふうになる素質があったのだろう。

——サイコパスは、ある程度先天的なもので、成育環境によらず矯正が難しいっていうのが、いまの脳科学の結論。

ひかりさんの説明によると、知性や容姿や才能と同じく、反社会性や攻撃性も、親から子へ受け継がれるケースが多いのだという。僕は大いに納得しながら言葉を返した。

——ということは、生まれたときに、もう人生が決まっちゃってるわけだ。

芸術家も、科学者も。

——僕たちみたいなサイコパスも。

そのあと彼女が、メキシコで生まれた双子の話を持ち出したのは、僕に対する告発の前触れだったのだろうか。別々の場所で別々の親に育てられた双子が、とても似た人生を送っていたというあの話。錠也のおかしさについては、彼女はずっと前から知っていた。だから、隣で大人しく座っている僕のほうも、きちんとした里親のもとで育てられたからといって、まともな人間であるはずがないと言いたかったのだろうか。

——はっきり言ってもいい？

やがて彼女は、初めて僕の目を真っ直ぐに見た。

——わたし、順平くんのお父さんを殺したのは、あなただと思う。

——どうして？

——勘っていうのが、一番近いかもしれない。

彼女はたぶん、僕の心を見透かしたんじゃない。錠也の心を見透かしたのだろう。錠也がいったい何を言えずにいるのか。何を隠しているのか。何に怯えているのか。

彼女の勘――知識と経験が無意識にはじき出した解答は、見事に大当たりだった。

この人を殺そうと、僕は決めた。

いつ殺そう。どうやって殺そう。錠也がそばにいたら、ちょっと難しそうだ。あれこれ思いをめぐらせながら、僕はダウンジャケットのポケットからプロプラノロールの小箱を取り出し、何錠かまとめてコーヒーで飲み込んだ。錠也のアパートと駅とのあいだにある小さな薬局で、百円ショップで買った覆面をかぶり、薬剤師をカッターナイフで脅して手に入れた薬だった。錠也が心拍数を上げる薬を服むことで自分を抑えていると知ったとき、僕は反対に、もっと自分を解放させてみたいと思った。もっと本当の自分になりたくて、トリプタノールと逆の作用を持つ薬をスマートフォンで調べた。それを薬局で手に入れたのは、僕たちがアパートでいっしょに暮らしはじめた数日後、錠也がコンビニエンスストアへお金を下ろしに行ったときのことだ。迫間順平の部屋で田子庸平を殺したときも、僕はあれを服んでいた。アパートにいるときも、錠也の目を盗み、スナック菓子のように口に入れていた。心臓の鼓動が遅くなっていくごとに、全身の感覚が変化していくのがわかった。たとえるなら、まるで血管に大量のボウフラでもわいたような感じで、僕はその感覚に病みつきになった。シャワーを浴びてすっきりするために、わざと全身汗まみれになるように、ひかりさんの家でプロプラノロールを服んだあのときも、もうすぐやってくる不快感と、そのあとで手に入る快感に、わくわくしていた。

——それは、何の薬？

薬のパッケージを見て、ひかりさんの顔はそれまでよりもいっそう硬くなった。

——べつに何でも。

——見せて。

——どうして？

僕たちがテーブルごしにやり合っていると、錠也がいきなり立ち上がった。

——行かないと。

悪い予感のようなものがあったのだろう。僕がひかりさんを殺そうとしていると、勘づきはしないまでも。

——もう、来ないから。

そう言うと、錠也は僕を促してソファーを離れた。僕は少し迷ったけれど、立ち上がっていっしょに廊下へ出た。ひかりさんは後ろから追いついてきて錠也のダウンジャケットを摑んだ。

——少し話がしたいんだけど。

錠也のスマートフォンが鳴ったのは、そのときのことだ。

——仕事の電話だから。

僕たちは玄関のドアを抜けた。錠也は電話の相手に耳を傾けることに集中するあまり、僕のほうを見ていなかった。チャンスはあっさりやってきた。錠也が電話をしているあいだに、僕がそっと玄関の中に戻ると、ひかりさんは上がり框にお尻を落とし、ジーンズの両膝にすがりつくようにして座っていた。

――錠也くんの身が危ないって……どういうこと？

立ち上がった彼女は矢継ぎ早に訊いた。

――さっきそう言ってたの聞こえた。あれは何のこと？

――どうしてあれを服んでるの？　あの薬は心拍数を下げる作用が――。

僕はキッチンに入って包丁を摑み、ひかりさんの胸に突き刺した。電話を終えた錠也が家に入ってきたのは、僕が二つのコーヒーカップを洗い、水切りカゴに伏せたときのことだった。

（十四）

キッチンに入ったときは、言葉も出なかった。

ひかりさんのトレーナーの胸から突き出た包丁の柄は、真っ直ぐに上を向き、眼鏡の奥で、しんと固まった両目が天井を見つめていた。

――この人、あとで警察に電話するんじゃないかと思って。

鍵人の説明は短かった。

――コーヒーカップの指紋は取っておいたから大丈夫。あとは包丁の柄とか、ドアとかテーブルとか、そのへんを綺麗に拭いとけば問題ないでしょ。

知ったばかりの恐怖という感情が、僕の全身を絞り上げていた。

逃げ切れるはずがない。

——無理だよ——。

咽喉から言葉を押し出しているのは、もうその力だけだった。

——人を二人も殺して、逃げ切れるはずがない。

しかし。

——二人じゃないよ。

そのとき僕はまだ気づいていなかったのだ。

僕たちが初めて会ったあの夜、鍵人は言っていた。貴島夫妻と磯垣園長は、十七年前に約束をしたのだと。いつか貴島夫妻が鍵人に、父親のことや双子の存在を伝える。そのときはすぐに園長先生へ連絡して、園長先生が僕に同じ話をする。そういう約束になっていたはずだ。でも、貴島夫妻が鍵人にすべてを打ち明けてから、もう一週間以上が経っていたのに、僕にはまだ連絡が来ていなかった。スマートフォンの電源も、それまではちゃんと入っていたのに。そのことについて、僕はそれまでおかしいと考えることもなかった。

——四人だよ。

ひかりさんの死体の隣で、鍵人は僕に笑いかけた。そして僕は、知ったつもりになっていた恐怖という感情が、まだ本物ではなかったことを思い知らされた。

——お父さんとお母さんも殺してきたから。

（十五）

あの夜、僕は初めて僕になった。

北海道旅行の前夜、リビングでお父さんから話を聞いたあと、僕は二階の自室に向かった。階段を上っているあいだずっと、自分の全身をめぐる血管の中身が、それまでと違うものに変わっていく感覚をおぼえていた。たぶんあのとき僕の血管には、十七年のあいだ見えないところで増えつづけた大量のボウフラが、いっせいに流れ込んできたのだろう。その数のあまりの多さに、血のほうはほとんど追い出され、きっと身体の隅々までボウフラだらけだった。錠也はこの十七年のあいだ、しばしばそれを駆除してきた。いっぽう僕は、胸の隅に大きな水槽を用意して、みんなそこへ溜め込んで、見ないふりをしてきた。いつも、お父さんとお母さんにとって理想的な息子でいようとしていたから。そうあるべきだと、言葉や態度で教えられてきたから。でもあの夜、とうとうその水槽が壊れた。ボウフラの大群が、一気に流れ出て僕の全身を駆けめぐった。

疑似無視（シュードネグレクト）という現象について、ひかりさんが話していたのを憶えている。

——左の視野ばかりを認識して、右の視野が無視されるっていうことが起きてるの。

僕も、本当は気づいていたのかもしれない。いま見えている自分ではない、本当の自分がいることに。

――片方ばかりを認識して、もう片方は、見えているのに見えてないの。

つぎに気がついたときには、僕はリビングでカッターナイフを握っていた。お父さんとお母さんは二人ともソファーに背中を預けたまま、顔を上に向け、どちらも首の真ん中がぱっくりとひらいて、パペット人形が並んでいるみたいだった。いまも二人は、同じ場所で同じ恰好をしているのだろう。

カッターナイフを握りながら、二人のその姿は自分がつくったのだという実感がこみ上げた。人生のどの瞬間よりも気持ちがよかった。田子庸平を殺したときも、ひかりさんを殺したときも、やはり気持ちがよかったけれど、まだあの最初の、胸が透明な水に浮かんでいるような、歯がぜんぶぐらぐらしているような、全身が裸以上に裸になったような気分にはかなわない。ひょっとして、あれをもう一度味わうには、また十九年間くらい、まともでいなければいけないのだろうか。それとも、僕は早くも慣れてしまったのだろうか。もう一度満足するには、悪い人たちがやっている覚醒剤みたいに、どんどん量を増やしていくしかないのだろうか。

「ロープは、ほどけない」

さっきからじっくり考え込んでいた迫間順平が、急に顔を上げて言った。

だらんと垂らした右手には、相変わらず新品の包丁が握られている。

「お前のロープは、ほどけない」

「どうして？」

僕は床に寝そべったまま食い下がった。

「だって僕、関係ないんだよ？　きみのお父さんを殺したのは、僕じゃなくて錠也なんだよ？」

「嘘かもしれないだろ」

愚鈍そうな顔をしているくせに、迫間順平は僕の嘘を信じてくれない。何か、言いかたが拙かったのだろうか。

と思ったら。

「お前の話、ぜんぶ嘘かもしれないだろ。お前が錠也じゃないとか、双子の兄貴だとか、ぜんぶ」

そこを疑われたら、もうどうしようもない。

僕は手足を縛られて壁際に横倒しになったまま、どうしたものかと考えた。時間は稼げるだけ稼ぎたいが、さてそのあとどうなるだろう。いろんな可能性を想像してみる。僕がかけたあの電話で、もしかしたら間戸村さんがいまここへ向かっているかもしれないし、あるいは警察が向かっているかもしれない。間戸村さんが現れたところで、大怪我をしているらしいから、あっというまに迫間順平にやられておしまいだろう。そして警察のほうは論外だ。僕は現時点で四人も人を殺しているのだから、来たら困るどころの話じゃない。

　ひょっとしたら、間戸村さんと錠也がコンタクトをとり、錠也がいまここへ向かっているという可能性もあるだろうか。でも錠也では、たぶん迫間順平に勝てない。錠也に人は殺せない。殺されないかぎり、きっと迫間順平はあきらめない。そもそも、錠也が現れてしまったら、きっと迫間順平は、自分の父親を殺したのはお前かと確認するだろう。錠也はもちろん否定する。僕の嘘がばれる。迫間順平はためらいなく、縛られている僕を殺す。あるいは迫間順平は、錠也が現れたことで、さっきから僕が話していたことをぜんぶいっぺんに信じて、ああこいつらは本当に双子だったんだ、自分の父親を殺したのは床で縛られているほうじゃなくて、いまやってきた錠也のほうだったんだということで、いきなり錠也を刺し殺すかもしれない。すると僕は目撃者になってしまうから、けっきょくのところロープを解かれないまま殺される。

「で、僕をどうするの？」

　訊いてみた。迫間順平は難しい顔をして、ううんと首をひねったが、それほど長く考える前に、大きな頭をゆすって頷いた。

「いまの話、ぜんぶ聞かなかったことにして、とりあえずお前のこと殺す。もしそのあとどっかで俺が錠也に会って、お前の話が本当だったってことになったら、錠也も殺す。それでいいだろ？」

「いいわけないよ」

遠くで音がした。

ガラガラガラ、バン！　という派手な音だった。

大きなシャッターが持ち上げられたような。いや、まさにそうだったらしい。つづいて聞こえてきたのは誰かの足音だった。こちらへ近づいてくる。間戸村さんか、警察か、錠也か。迫間順平が馬鹿みたいに口をあけて首を回し、足音のほうに顔を向ける。誰かの足音は、ためらいのない様子でどんどん近づいてくる。迫間順平が顔を向けているほうには大きな機械があり、僕の位置からは、その向こう側が見えない。でも、いまたぶんその場所に、相手が姿を現したのだろう。足音はぴたっと止まり、迫間順平が口をあけたまま、そちらへ首を突き出すようにした。

「……あんた誰？」

間の抜けた呼びかけに答えず、相手はふたたび歩き出す。足音が迫ってくる。迫間順平はぼけっとそちらに顔を向けたままでいる。やがて大きな機械の向こうから男の姿が現れた。

僕も思わず口をあけた。

まったく知らない男だった。

もちろん錠也じゃないし、警察でもなさそうだ。

ひょっとしてあれが間戸村さんだろうか？　いや、錠也の話だと、間戸村さんは政田宏明に逆恨みされて半殺しの目に遭ったはずだ。でもそこに現れた長身の男は、どこにも怪我などしていない。

いや、そうか。

政田宏明だ。

帽子を深くかぶっているが、その気になって見てみると、テレビで馴染(なじ)みのある横顔だった。どうしてこの場所がわかったのだろう。

「それは……坂木錠也か?」

政田はコートのポケットに両手を突っ込んだまま、目だけを僕に向ける。迫間順平はしばらく一時停止していたが、やがて僕に視線を投げ、また男に目を戻した。

「わかんない」

政田の顔が、まるでライティングが変わったように印象を変えた。表情は同じなのに、一瞬で別人になったように見えた。その顔をこちらに向け、今度は僕に直接訊く。

「お前は、坂木錠也か?」

「僕は錠也のお兄さん」

正直に答えた。

「僕たち双子なんだ」

迫間順平が包丁を持った手を振り、相手を追い払う仕草をしてみせる。

「誰だか知らないけど、いま、取り込み中だから」

しかし、この状況を見られた状態で追い払うのがまずいと気づいたのか、その仕草は途中から曖昧になった。そうしているうちに政田が数歩進み出た。迫間順平は包丁を空中で止めたまま、相手の動きを目で追った。政田はコートのポケットから両手を出し、さっきまで迫間順平が座っていた丸椅子を両手で持ち上げると、まず身体を右にひねり、一瞬後、全身を回してその丸椅子を振り抜いた。迫間順平は横ざまに頭を吹っ飛ばされて床に転がった。政田は丸椅子を今度は垂直に持ち上げ、薪割りのように体重をのせて振り下ろした。座面のエッジ部分が迫間順平の顔に斜めにめり込み、手足が床からびくんと跳ね上がって、また落ちた。

僕に背中を向ける恰好で、政田が迫間順平の脇に膝をつく。僕はそっと上体を持ち上げて、縛られた両手を足のほうへ伸ばす。両足を縛るロープの結び目に、人差し指が届く。でも、結び目がきつすぎて指が奥へ入らなかったので、小指に切り替え、骨が折れるぎりぎりの力でそこへ押し込んだ。

「あれは、坂木錠也なのか？」

政田が迫間順平に訊く。僕は小指を鉤形に曲げ、上体の力でロープの結び目を引っ張った。小刻みに何度も繰り返す。結び目がゆるんでいく。床に仰向けになった迫間順平は、まったく動かない。政田は丸椅子を脇へ放り出すと、右手を持ち上げ、ハンマーみたいに相手のみぞおちに振り下ろした。迫間順平の肺から濁った空気のかたまりが叩き出されるのと、僕の足の結び目が解けるのは同時だった。

両足をロープから抜き出し、ついでにスニーカーを脱ぐ。政田は迫間順平の顔や身体に何発も拳を振り下ろすことに集中していて、僕の動きには気づいていない。

周囲に視線を投げる。さっきシャッターが開けられた、工場の出入り口のほうへ向かったら、政田の視界に入ってしまう。反対側を見る。一番奥の壁際に、機械が何台か並んでいる。そのうちの一台は巨大なミシンみたいなかたちをしていて、針があるべきところには直径四十センチくらいの丸ノコがはまっていた。僕はそちらに向かって素早く靴下で移動した。機械にたどり着いたところで、言葉を伴わない大声が背後で炸裂した。どうやら政田が僕の動きに気づいたらしい。縛られた手首を丸ノコの向こうに突っ込み、全身を跳ね上げるようにして腕を引く。丸ノコがロープの端を切り裂き、ついでに手首の皮膚も派手に切り裂いた。もう一度両手を奥へ突っ込み、渾身の力で引っ張る。しかしロープは切れてくれない。手首から溢れた血のせいで、ロープの状態がよく見えず、振り返ると、グロテスクなラテックスのマスクみたいになった政田の顔がもう眼前に迫っていた。

僕は振り返りざま政田の両目に親指を突っ込もうとしたが、それと同時に相手の顔がぱっと消えた。後ろから迫間順平がタックルを決め、床に引き倒したのだ。前のめりに倒れた政田の顔面がコンクリートの床に激突し、その背中に迫間順平が乗り上がった。顔の真ん中がへこんで血まみれになっている。迫間順平は右手の包丁を振り上げて、猛烈な勢いで政田の背中に突き立てた。それだけかと思ったら、長い大声を上げながら両腕をつづけざまに振り下ろし、粘土細工を跡形もなく壊すように、政田の後頭部や背中を殴って殴って殴った。その顔は両目の中まで真っ赤で、あまりものがよく見えていないようだったので、僕は工場の出入り口のほうへ走った。そのとき初めて工場の全体像が把握できた。増設が繰り返されたのか、建物は大きな四角が三つ不恰好につながったような形状をしていて、僕たちがいたのは一番奥の部分だった。ほかの二つの部分には明かりがついておらず、真ん中の一帯には大きな機械がぎっしりと並んでいるようだ。行く手で僕はそこをジグザグに走りながら、暗いせいで何度も機械に身体をぶつけた。さっき政田が入ってきた出入りの一部が四角く口をあけ、月明かりが差し込んでいる。さっき政田が入ってきた出入り口だろう。そばまで駆け寄ると、夜のにおいのする外気が吹き込んで顔を撫でた。

飛び上がり、縛られたままの両手でシャッターの下端を掴む。着地しながら力一杯それを引き下ろす。シャッターは馬鹿でかい音をさせて閉じた。シャッターの真ん中には錠がついていて、鍵が挿さったままになっている。僕はそれをひねって施錠し、鍵を抜いてジーンズのポケットに仕舞った。

背をこごめ、両手首を縛るロープに歯をあてながら移動する。さっき抜けてきた、機械がたくさん並んだ場所の端まで戻りつつ、血の味のするロープに嚙みついて何度も引っ張る。やがて両手を縛り上げる力がゆるみ、ばさ、とロープが床に落ちた。

鼻からゆっくりと息を吸い込むと、機械油のにおいと、自分の血のにおいがした。

耳をすます。

不規則な、重たい足音が聞こえる。それにまじって、僕の身体中で極小のものがいっせいに騒ぎ立つ音も聞こえてくる。ボウフラたちが少しでも早い解放を求めて泳ぎまわっている。

もしかしてこれが、ひかりさんが言っていた殺し屋遺伝子(キラージーン)なのだろうか。

錠也もこの音を聞いたことがあるのだろうか。

(十六)

ナビアプリが表示していたのは、畑に囲まれた真っ暗な場所だった。

エンジン音に気づかれないよう、百メートルほど手前でバイクを降り、畑のあいだをブーツで走り抜ける。横並びになった四角い窓明かりが見える。全体のかたちは暗がりに溶け込んで、はっきりしないが、それがひどく横長の建物であることはわかった。明かりがついているのは奥側の一部だけだ。

入り口のゲートは一番手前にあった。足を止め、自分の呼吸音の向こう側に聞き耳を立てる。微かな月明かりに照らされて、壁の一部に幅広のシャッターが見えている。閉じられたそのシャッターに近づき、下端部に指をかけてみるが、どうやら施錠されているらしく、動かない。

その場を離れ、壁に沿って左手奥へ向かった。明かりが並んでいるのは、奥側三分の一ほどの範囲だ。厚い磨(す)りガラスの窓が、内側に向かってレの字形にひらいている。そこから中を覗くことはできそうだが、かなりの高さがあった。

　建物の端まで行き着き、右に二回折れて裏手に回る。壁に沿って落ち葉が吹き寄せられている。離れた場所に金属製の扉が見えたので、落ち葉に足を突き刺しながら近づき、ノブを握った。しかし、ここも施錠されている。扉には四角い嵌め殺しの窓がついているが、これも磨りガラスになっているので、中の様子はわからない。冷たい扉のへりに耳を押し当ててみる。微かな空気の流れが感じられるだけで、物音は聞こえない。

　いや、人の声が聞こえた。

　息を殺し、もう一度それが聞こえてくるのを待ちながら、左右の壁に目を這わせる。いま行き過ぎてきた、建物の角の部分に、雨樋が見える。そのまま視線を上へスライドさせると、明かりの洩れる窓のそばまで延びている。

　駆け戻り、雨樋に両手をかけた。ゆすってみると、上のほうで、ゆるくなっているらしい金具がかちゃかちゃ音を立てた。でもたぶん、僕の体重を支えるくらいの強度はありそうだ。

　両手両足で雨樋にすがりつく。樹脂製の筒を膝で締めつけ、両手を素早く上へ移動させ、その分だけ両膝をずり上げていく。ひたすら同じ動きを繰り返していくと、窓の明かりがだんだんと近づいてきた。左手を伸ばす。なんとかサッシに届いた。窓は横長で、大きさはちょうどエアコンくらい。両膝で雨樋を挟み込んだまま、窓のほうへ上体を乗り出す。しかしそのとき、ガリッと何かが壊れたような音がしたかと思うと、急に下半身が支えをなくした。咄嗟に右手を伸ばしてサッシを両手で摑む。雨樋は両膝に挟まったままだが、上部を固定していた金具が壊れたらしく、もう何の役にも立っていない。両足を離してサッシにぶら下がる。雨樋はそのままぐらりと畑のほうへ傾き、しかし下の部分だけ金具に支えられ、枝も葉もない植物のようにせり出して空中で揺れた。

サッシを摑んだまま、身体全体を左に振る。戻ってくる動きとともに、今度は右に振り、左に振り、また右に振ると同時に右腕を伸ばす。指が、内側に向かってひらかれた窓のフレームを摑んだ。しかしその瞬間、窓は体重のせいで手前に閉じようとした。指を挟まれる直前、その隙間に手首を突っ込んだ。窓の隙間に右の手首を締め上げられながら、左手を伸ばし、上側のフレームを摑んでどうにか全身を支える。両腕の力で身体を引き上げると、隙間から中が見えた。

最初に目に入ったのは、床に広がった大量の血だった。

そのそばに、誰のものかわからないスポーツバッグが口をあけた状態で置かれている。いや、あれはうどんのバッグだ。大宮のファミリーレストランで、うどんはあのバッグから十九年前の記事を取り出して僕に見せた。

床に広がる血は、いったい誰のものなのか。血だまりからは列島のように点々と血痕がつづき、その血痕の先は、目の前にある磨りガラスの陰になって見えない。

両腕をさらに奥へ差し込み、身体を持ち上げる。

視界が広がる。

血まみれの男の背中があった。その背中から突き出ているのは包丁の柄だろうか。しかし男は歩いていた。右手に丸椅子をぶら下げ、ぎくしゃくと進んでいる。顔は見えないが、あれは間違いなく政田宏明だ。真っ赤に染まったコートは、僕が間戸村さんに会いに病院へ行ったときに見たものと同じだった。政田の行く手には、明かりが消えた一角があり、並んだ機械の輪郭がうっすらと見えている。

そのとき、うどんの大声が響いた。

(十七)

「錠也ー!」

その大声に、思わず溜息(ためいき)が出た。

僕は錠也じゃないと、あれほど説明したのに。

まったく信じていないのだろうか。それとも政田に顔面を潰(つぶ)された衝撃で、ぜんぶ忘れてしまったのだろうか。

迫間順平は僕を捜しながら機械のあいだをうろついている。むくむくと動き回るそのシルエットが、とてもでかいおかげで、こちらからは簡単に場所を把握することができた。後ろから一気に近づきたいところだけど、暗がりにぎっしり並んだ機械の配置が僕にはわからない。いっぽう、おそらく向こうは把握しているに違いない。明かりをつけようとしないのは、そのメリットを活かそうとしているのか、それとも政田にやられたせいで、そもそも目がよく見えていないのだろうか。

相手が移動するのに合わせて動く。

それをつづけながらチャンスを待つ。

いま迫間順平は、機械が並んだ真ん中のエリアの、さらに真ん中あたり、つまり建物全体の中心付近をうろついていた。機械の陰にしゃがみ込んだ僕の背後には、さっきまでいた明るい一角があり、そこには政田の死体が転がっているはずだ。

迫間順平を殺すのに、武器が必要だった。どこかにちょうどいいものが落ちていないだろうか。さっきの明るい場所に戻れば、何か見つかるかもしれない。僕は迫間順平のシルエットを注視したまま、背をこごめ、靴下で床をこするようにして後退した。

（十八）

背中に包丁が刺さり、片手に丸椅子をぶら下げた政田は、暗い一角に向かってじりじりと進んでいく。僕は身体をさらに上へ持ち上げ、サッシと窓枠の隙間に頭を突っ込んだ。視界が一気に広がり、政田の進む先が見えた。

しゃがみ込んだダウンジャケットの背中が、そこにあった。

政田が丸椅子を両手で摑んで持ち上げる。

「鍵人！」

僕が叫ぶと同時に鍵人の顔がこちらを向いた。しかし政田は声そのものが聞こえなかったかのように、丸椅子を鍵人の頭に振り下ろした。爆発のような派手な音が響いたが、丸椅子が打ち据えたのはコンクリートの床だった。鍵人は素早く動いて奥の暗がりに消え、政田が言葉ではない何かを叫び上げ、僕は渾身の力で窓を奥へ押し込んだ。金属部品の壊れる音がし、窓は内側に落下してガラスが飛び散り、僕は空っぽになったサッシのあいだに全身をねじ込んで飛び降りた。ブーツの底がガラスを砕き、その勢いのまま身体が床を転がり、両手に破片がいくつも突き刺さった。政田がこちらを振り返る。こんな状況にもかかわらず、ぽかんとした顔になる。たったいま暗がりに逃げたはずの相手が背後に落ちてきたのだから無理もない。床を蹴って距離を詰め、相手の両目に左右の親指を突っ込む。かすれた長い悲鳴を上げ、政田は身体をねじりながら背後に倒れ込み、そこにあった機械に側頭部を激突させた。僕は全体重をのせて右足を振り下ろし、政田の頭はブーツと機械のあいだで潰れた。

「鍵人！」

声を上げながら床を見る。飛び散った窓ガラスの破片が一つ、そばに転がっている。手のひらほどの大きさのその破片を握り、僕は倒れた政田に向き直った。まだ生きている。咽喉の奥から声が洩れている。しかし、おそらくもう身体を動かせる状態ではないだろう。政田をそのままに、奥の暗がりへ目を向けた。同じタイミングでそこから鍵人が現れ、僕の右手から瞬時にガラスの破片を奪い去った。

「殺しといたほうがいいよ」

倒れた政田を見下ろして言う。

「この人、しぶといから」

鍵人は上体を曲げてガラスの破片を振り抜いた。政田の咽喉が一直線に横へ切り裂かれ、水鉄砲みたいに血が斜めに噴き上がった。そのまま鍵人は僕のジャケットの胸を摑んで暗がりに引っ張り込み、頭を低くしながら、どんどん奥へ進んでいく。別の足音が聞こえている。近づいてくる。鍵人は機械の陰を左に折れ、右に折れたところでぴたりと止まった。相手の足音も少し遅れて止まり、うどんの大声がまた響いた。

僕の名前を呼んでいた。

「もう、どっちがどっちでもよくなってるのかもね」

鍵人が耳に口を寄せて囁く。

「ところで錠也、警察に連絡しちゃった？」

僕が首を横に振ると、そっか、と鍵人の声に笑いがにじんだ。

「じゃあ、じっくりやれるね」

何を、とは訊かなかった。答えはわかっていたし、相手がつづけた言葉もやはりその通りだった。

「あいつに仕返ししなきゃ」

鍵人は呼吸さえ乱れていない。

「それに、さっき僕、ぜんぶ喋っちゃったんだ。だから、殺しとかないとまずい。あいつ身体でかいけど、僕と錠也ならやれるよ。あいつも僕たちも田子庸平の息子で、言ってみればサイコパス三兄弟だけどさ、なにしろ僕たちはお母さんのお腹の中にいたときに鉛でグレードアップされてるんだ」

鍵人は右手に持ったガラス片を眺め、尖ったほうが突き出るように握り直した。

「本物がどんなだか、あいつに見せてやろうよ」

またうどんが僕の名前を叫ぶ。声は確かにうどんのものなのに、まるで人ではない化け物が吠えているようだった。僕の耳に口を寄せている鍵人は、それを純粋に可笑しがっているようにくすくすと笑う。死体になって転がっている政田も含め、人が複数いて、その中で僕が一番まともだなんて初めてのことだった。

「明るい場所のほうがいいかもね」

言うが早いか、鍵人は僕を立たせて建物の奥へと引っ張り戻す。政田の死体をまたぎ越し、広くて明るい一角に出る。さっき僕が飛び降りた場所だ。

「錠也はそこに立ってて。僕が後ろからあいつを殺すから」

囁くなり、素早く機械の陰に引っ込もうとする鍵人の腕を、僕は摑んだ。

「うどんと話し合いたい」

「無理だね」

「どうして」

黙って頬だけを上げ、鍵人は僕の手を振り払って飛びすさり、大きな機械の向こう側に消えた。追いかけようとしたが、そのとき暗がりから足音が近づいてきた。明かりの中にうどんの姿が現れた。

「錠也……」

ひどい顔だった。

鼻が潰れてへこみ、肥ったポパイみたいになってる。両目には血が流れ込み、しかも細かい血管が切れたのだろう、白目がぜんぶ真っ赤で、その下にある口はどうかというと、前歯がほとんど消え、ぽっかりと開いた深い穴に見えた。

「誰にやられたの?」

訊くと、うどんはぐらっと頭を斜め後ろに傾けた。歩くのはやめず、ゆっくりと僕のほうへ近づいてくる。

「知らない人」

歯のない口で、うどんは滑舌悪く答えた。その動きで唾液まじりの血が下唇から溢れ、糸を引きながら胸に垂れた。

「お前も見てただろ」

なるほど、なんとなく状況が把握できた。

「見てたのは僕じゃないよ。双子のお兄さんのほう。鍵人が説明したんでしょ?」

話し合いの出発点を見つけ――見つけたつもりで、僕はそう言った。しかしうどんはゆるゆると首を横に振った。

「もうどうでもいいよ」

話し合うのは無理だと鍵人が言った理由が、僕にも納得できた。うどんのその言い方が、本当にどうでもよさそうだったからだ。

うどんは傍らに転がっている政田の死体を一瞥すると、その背中から包丁を引き抜く。刃が下になるよう逆手に持ち、僕に向き直る。

鍵人が現れてから、すっかり板についてしまったあきらめが、肉体的な疲労のように、全身に広がった。

もう、仕方がないのかもしれない。

視線をスライドさせ、機械の陰からこちらを見ている鍵人に向かって、小さく頷く。もう、ぜんぶ、仕方がない。ぜんぶ無茶苦茶にするだけ無茶苦茶にして、鍵人と二人で逃げるしかない。

しかし鍵人は、あの凍りついたような両目で、ただ僕の顔を見ているばかりで、動こうとしない。

動いたのは、うどんだった。

まるで誰かに後ろから蹴り飛ばされたように一気に僕の目の前まで迫り、包丁を僕の顔に突き下ろした。だしぬけだったので避けきれず、包丁の刃がダウンジャケットと、その内側のトレーナーと、右肩の肉を切り裂いた。僕は斜めに倒れ込み、しかしその直前にうどんの右腕を摑んで自分のほうへ引き寄せた。うどんはいっしょに床へ倒れ、僕の背中は二人分の体重をのせて床に叩きつけられ、後頭部がコンクリートに激突して目の前が真っ白になった。どうして鍵人は背後からうどんを刺さないのだろう。どうして助けに入ってくれないのだろう。真っ白な視界の向こうから拳が急接近して顔面を打つ。後頭部が床についた状態で拳を振り下ろされたので、頭が爆発したような衝撃だった。それでも僕は、包丁を持ったうどんの右手を放さなかった。うどんが身をよじって暴れる。僕はその身体を起こさせまいと、相手の右腕といっしょに胴体を抱え込み、両足で腰にしがみつく。鍵人はやはり助けに入ってこない。

もしかして――。

ある考えが、頭の隅をよぎった。

それは、いままでずっと、ひそかに抱いていた考えだった。

うどんが左腕を僕の咽喉元にねじ込んで自分の身体を引き剝がそうとする。筋力では敵わず、いとも容易く二つの身体のあいだに距離ができた。しかし、うどんが左腕を抜いて顔面に叩き下ろそうとした瞬間に、僕はまた相手の身体にしがみついた。うどんは口をあけたまま苛立った声を放ち、背筋運動をするように、上体を跳ね上げて落とし、跳ね上げて落とした。そのたび僕の背中と後頭部が床を打ち、全身の感覚が遠ざかっていった。四回目の同じ動きで、僕の手がうどんの身体から離れた。プラグでも抜かれてしまったように、もう力が入らない。大の字になった僕から身を離し、うどんが包丁を持ち上げる。そのとき僕の右手に何かが触れた。かたちも大きさもわからなかったけれど、僕はそれを摑んで右から左へ振り抜いた。うどんは上体を起こしたままだったが、頭だけが真横に近い角度で曲がった。僕が握っていたのは、さっき落とした窓枠だった。もう一度右へ引っ張り戻し、今度は両手で振り抜く。もとの位置に戻ろうとしていたうどんの頭が、また直角に曲がり、その隙に僕は相手の身体の下から抜け出した。でも上手く立てない。膝立ちの状態で窓枠を持ち上げ、うどんの頭に振り下ろす。つづけざまに何度も振り下ろす。生まれて初めて人を殺そうとしている自覚があった。両手で頭を守るうどんの指が、どんどん血まみれになり、血の向こうに肉が見えて、骨が見えた。僕の中で声が上がっていた。まだ間に合うかもしれない。話し合えるかもしれない。うどんを縛り上げるかどうかして、落ち着いて話せば、僕たち三人にとって悪くない解決がそこにあるかもしれない。窓枠を振り下ろしながら、唐突に、うどんといっしょにヤギに抱きついて遊んだときのことが思い出された。いま思えば、青光園でうどんと過ごす時間が楽しかったのは、血が繫がっていたからなのかもしれない。顔も体格も違っても、あの頃の僕は、何かを感じていたのかもしれない。どうしてこんなことになってしまったのだろう。僕は最初からうどんに恨みも何も持っていなかった。僕が恨んでいたのは田子庸平で、うどんは単に、住む家のない父親を自分のアパートに引き取って暮らしていただけだった。いや、こんなことになった理由はわかっている。鍵人が田子庸平を殺したからだ。うどんはそれを、僕がやったと思い込んだ。だから僕を殺そうとした。鍵人はうどんにぜんぶ話したと言っていたけれど、自分が田子庸平を殺したことも打ち明けたのだろうか。だとしたら、うどんが僕を恨む理由はもうどこにもない。僕たちは話し合うことができる。でもそうなれば、うどんは僕ではなく鍵人を殺そうとする。せっかく出会えた兄弟を、初めての家族を、僕は守りたい。それがどんな人間であったとしても。でも、うどんだって、半分は血が繋がった兄弟だ。僕たち三人は兄弟だ。落ち着いて、ぜんぶを話し合えば、もしかしたら——。

僕の手は止まっていた。

指から力が抜け、窓枠が乾いた音を立てて床に落ちた。

「……うどん？」

膝をつき、うどんの顔を覗き込む。

まだ息をしている。

「やめちゃうんだ？」

鍵人が機械の陰からこちらへ近づいてきた。

「鍵人……何で……？」

息が上がり、僕の声は切れ切れになっていた。鍵人は訊ね返すように眉を上げたが、僕が言い直す前に「ああ」と笑った。

「どっちか死んでくれないかなと思って」

当たっていたのかもしれない。

「そのほうが、あとが楽だし」

僕が頭の片隅で考えていたとおりだったのかもしれない。

うどんは僕たちの足下で、頭を両手でかばったまま、全身を丸めて動かずにいる。しかし、呼吸音ははっきりと聞こえている。鍵人はしばらくそれを見下ろしていたかと思うと、右手に持ったガラスの破片を握り直した。

「まあ、もうこっちは死んでるようなもんか」

うどんの肩口にするりと手を差し入れ、それを真っ直ぐ引き戻す。首の横側が掻き切られ、噴き出した血がコンクリートの床にぐんぐん広がっていくのを、僕はただ眺めた。床の血と同じ勢いで、胸に哀しみがこみ上げた。物心ついてから、純粋な哀しみなんて抱いた記憶がないのに、いま自分を囚えている感情がそれであることが、どうしてかわかった。

哀しいのは、うどんが死んでいくことだけじゃない。

「やっぱりそうだったんだね」

鍵人は「んん?」と気のない声を返した。まるで、漫画かテレビ画面でも眺めているときに話しかけられたような声だった。徐々に広がる血だまりを見下ろしたまま、僕はわざと鍵人のように気のない声で、ずっと胸に仕舞い込んできた質問を口にした。

「田子庸平を殺したのも、ひかりさんを殺したのも、僕を殺人犯にするためだったんでしょ？」

（十八）

ちょっと意外だった。

勘づいている素振りなんて、これまで錠也は一度も見せなかったのに。

「わかってたんだ？」

訊くと、錠也は死んでいく迫間順平を見下ろしながら頷いた。

「違ったらいいなとは思ってたけど。鍵人がとんでもない危険人物で、僕がそれに振り回されて、警察から殺人犯として追われてるっていうほうが、まだましだったから」

「何よりまし？」

いちおう訊いてみると、錠也は余計な説明は省き、僕の目的をストレートに言い当てた。

「鍵人が、自分の育ての親を殺したことを僕のせいにして、一人で悠々と生きていくつもり」

なるほど、どうやら本当にぜんぶわかっていたらしい。

「鍵人は、いまから僕を殺すつもりなんでしょ？　僕を殺したあと、警察に連絡して、用意してた話をぜんぶ聞かせる。起きたことはみんなそのままにして、誰がやったかっていう部分だけを変えれば、すっかり説明がつくもんね」

　たとえば、と言ってから錠也はいったん唇を閉じた。しかしそのあとはひと息に喋った。その説明は、さすが双子というべきか、ほとんど合っていた。

「北海道旅行に出かけるはずだった前日の夜に、僕が突然やってきて、お父さんとお母さんを殺した。鍵人は僕に無理やり連れ去られて、怖くて抵抗できないまま、仕方なくいままでいっしょにいた。いっしょにいるあいだに、僕は田子庸平を殺して、ひかりさんを殺した。それから何日か経った今日、鍵人は僕と間違えてうどんに襲われて、この場所で殺されかけたけど、咄嗟の機転で僕のスマートフォンから間戸村さんの番号に発信した。これについては間戸村さんも証人になってくれるもんね。そのあと、ここへバイクで駆けつけた僕は、居合わせた政田をまず殺した。それから、僕とうどんがやり合って、どっちも死んだ。うどんにやられて瀕死になった僕が、最後の力を振り絞ってうどんの首を掻き切って、そのあとがっくり息絶えたとか……そんな感じ？」

　言葉をつづけるあいだ、錠也は迫間順平の丸まった背中から一度も目を上げなかった。

「すごくおしいけど、一ヶ所だけ違ってる」

　僕がそう言うと、やっと顔を上げて、こっちを見る。まだ生きているのに、死んだような目をしている。

「錠也が僕のお父さんとお母さんを殺すのは、僕たちが会ってからのことだよ。だって、錠也はそれまで僕の存在さえ知らなかったんだから、急に僕の家に来てお父さんとお母さんを殺すのは変でしょ？」

　わかりやすいように、僕は順番通りに説明した。

「要するに、こう。僕はあの夜、お父さんとお母さんから、自分が養子であることや、双子の弟の存在を打ち明けられた。それがショックで、北海道旅行に行く気なんてなくなって、翌朝ホテルをキャンセルして、双子の弟に会うべく青光園に向かった。青光園の人たちは、園長以外、錠也に双子のお兄さんがいることは知らないから、騒ぎになったら悪いと思って、僕は錠也のふりをして住所を調べた。そしてその住所へ向かった。部屋は留守だったけど、近くの公園で待っていたら、錠也が現れた。僕は錠也といっしょにアパートへ行った。僕がお父さんとお母さんから聞いた話を打ち明けると、錠也は、僕の両親を逆恨みした。理由は、二人が、双子の存在を隠すよう園長に約束させたから。そのせいで、自分は兄弟の存在を知らないまま孤独に生きてこなければならなかったから。そして錠也は僕から無理やり自宅の住所を訊き出して、その家まで行って二人を殺した」

　お父さんとお母さんは死んでからずいぶん時間が経っているから、正確な死亡時刻まではきっと調べてもわからない。僕と錠也が出会ったあとで殺されたという流れでも、不自然にはならないだろう。

「それ以外は、うん、いま錠也が言ったとおりだね。僕は錠也のそばで怯えながら過ごして、そのあいだに錠也は、田子庸平とひかりさんを殺した。僕は怖くて怖くて、警察に通報するどころか、錠也のもとから逃げ出すことさえできなかった」

　本当は、田子庸平とひかりさんを殺したあと、錠也には自殺でもさせるつもりだった。そどこかのマンションの屋上などに行って突き落とすか、冬の川か海に沈めるかして。そのあと警察に行き、用意した説明をするつもりだった。でも今日、いきなり迫間順平に襲われてここへ連れてこられてしまったので、それができなくなったのだ。

「ここに連れてこられたことは予想外だったけど、なんとか上手く説明できそうでよかったよ。さっき錠也が言ったみたいに、迫間順平が僕を錠也だと思ってここへ連れてきた。そこに錠也と政田が現れて、迫間順平と三人でやり合って、みんな死んだ」

　僕はこれまでずっといい子でいたし、錠也はずっとまともじゃなかった。警察は、きっと僕の話を信じてくれる。すぐに信じなかったとしても、信じるまで同じことを話しつづければいい。

「でも錠也、よくわかったね。僕たち双子だから、考え方が似てるのかな」

「似てなんていないし、わかったのは、双子だからじゃない」

　血だらけの顔で下を向いたまま、錠也は首を横に振る。

「鍵人が全面的に得をするには、それくらいしか方法がないと思っただけ」

　その様子がとても哀しそうだったので、僕は慰めたくなった。

「でもね、錠也。最初からそのつもりだったんじゃないんだよ。はじめはぜんぜん、そんなこと考えてなかったんだ」

カッターナイフでお父さんとお母さんの咽喉を切り裂いたとき、こんなに気持ちがいい体験ができたのだから、もうどうでもいいとさえ僕は思った。警察に捕まっても構わないし、あるいは、一生逃亡生活を送ることになっても構わないと。

翌日の朝、錠也に会いに行ったのも、警察に捕まるか逃亡生活がはじまる前に、自分の弟とやらに、ちょっとくらい会っておきたいと思ったからだ。だから錠也には、自分がお父さんとお母さんを殺してきたことは話さなかった。驚かせてしまったり、怖がらせてしまったりするのはもったいないと思ったから。兄弟で過ごす時間を楽しんでみたかったから。しばらくいっしょに過ごしたら、僕は錠也のもとを去って、自分の今後について一人で考えるつもりでいた。こんなに長く錠也といっしょにいるなんて思わなかったし、ましてや実の父親である田子庸平を殺したり、錠也がたぶん初恋をした女の人を殺すことになるなんて思ってもみなかった。

「考えが変わったのは、錠也のアパートで迫間順平の話を聞いたときのこと」

あの夜、僕は錠也に、お父さんから聞いた事実——自分たちの父親が田子庸平であるという事実を教えた。そのあと錠也が僕に打ち明けた。その田子庸平は、青光園でいっしょに過ごした迫間順平という男の父親であり、二人はいま埼玉県のアパートでいっしょに暮らしているのだと。そのことを、偶然にも数時間前に知ったばかりなのだと。

——皮肉なもんだね。

そんな言葉を返しながら僕が考えていたのは、いま田子庸平に何かあったら確実に錠也が疑われるだろうということだった。だから、ためしに田子庸平を殺してみようと、錠也のふりをして迫間順平に電話をかけ、アパートの場所を訊いた。教えてくれなかったので、今度は青光園へ行って錠也のふりをし、住所を訊き出した。田子庸平を殺したあと、部屋にはわざと髪の毛を落としてきた。双子のＤＮＡが同じだと、本で読んだことがあったから。

ひかりさんの家には、自分は行っていないと話すつもりだ。錠也が一人で行って、殺してきたのだと。彼女を殺したあと、僕はコーヒーカップを洗ったけれど、自分が使ったほうは丁寧に洗い、錠也が使ったほうは、布巾で掴みながら、中のコーヒーを水で流すだけにしておいた。カップには錠也の指紋が残っているはずだ。たぶん警察はすでにそれを見つけて、いまごろ錠也を犯人として追っているだろう。田子庸平とひかりさん、二人を殺した犯人として。

「鍵人は――」

ふたたび顔をうつむけ、錠也は迫間順平の丸まった背中を見下ろす。

「どうしてそんなことができるの？」

その様子がひどく落ち着いていることが、僕には意外だった。哀しそうな声だけど、取り乱しているような様子はない。

「せっかく会えた兄弟なのに、何でそんなことしようと思えたの？」

理由なんて、考えたこともなかった。

でも、ためしに頭をひねってみると、案外簡単に答えは見つかった。

「うらやましかったのかもね」

錠也がゆっくりと顔を上げる。

「たぶん錠也は、僕の人生をうらやましがってる。でも僕は、錠也がうらやましいよ。だって、けっきょく錠也の人生のほうが、ずっとまともだから。人を殺すっていう、自分の人生をこの上なく不自由にさせちゃうような行為をせずに生きてきて、たぶんこれからもしないだろうから。錠也には、人を殺すことなんて絶対にできないから。できないでしょ？」

錠也は僕の両目を真っ直ぐに見据えた。

「――そう思う？」

そのとき初めて気がついたことがあった。錠也が僕の目を真っ直ぐに見たことが、これまであっただろうか。もしかしたら一度もなかったのではないか。いつも錠也は、僕の顔を見てはいるけれど、視線が真っ直ぐにぶつかることは避けていた。僕の両目を見ていなかった。しっかりと目を合わせたのは、僕たちが出会った、あの公園のトイレが最初で最後だった。鏡ごしに、あのとき僕たちの視線はまともにぶつかった。そしていままで――いまこのときまで、たぶん、一度もぶつかることはなかった。

「思うよ。錠也に人は殺せない」

僕がそう答えたときも、錠也は目をそらさなかった。そらさないまま、膝を曲げて右手を床に伸ばした。その手が握ったのは、さっき錠也が迫間順平を何度も殴りつけた、金属製の窓枠だった。

「それをどうするの？」

答えず、錠也は背中を向ける。迫間順平に切り裂かれたダウンジャケットの右肩から、血をたくさん流し、その血が垂れている右手で窓枠をぶら下げたまま、壁際に向かって進んでいく。そこにはあの巨大なミシンみたいな機械が置かれていた。僕がさっき、そこに取りつけられていた丸ノコで、両手を縛るロープを切ろうとした機械だ。

錠也は窓枠を横向きに振り、その丸ノコに叩きつけた。派手な音がして丸ノコが砕け、手のひらくらいの大きさの破片が勢いよく壁に飛んだ。錠也は窓枠を脇へ放り投げると、床に転がったその破片を摑んで僕に向き直った。破片は刃の部分が下になって握られていた。

「鍵人、僕があげたダウンジャケットのポケットに、薬を入れてたでしょ。心拍数を下げる薬」

いまは自分が着ているダウンジャケットのお腹に、錠也は手を添える。

「うん、入れてた」

「あの薬を服んでいたのは、思いっきり自分を解放したかったとか……そういう気持ち？」

「まあ、そんな感じ」

「僕も服んでみたんだ」

へえ、と思わず声が洩れた。

「この工場に来る前、ポケットの中で薬を見つけたときに服んでみた。鍵人のこと、何があっても助けたかったから。心拍数を下げておけば、いつも以上に思い切ったことができると思ったから。何も怖くない自分に、また戻れるんじゃないかと思ったから。薬が効いてくるまで、ちょっと時間がかかったみたいだけど——」

ぴんと張られた糸で繋がったみたいに、錠也の目と僕の目はふたたび真っ直ぐにぶつかっていた。

「たぶん、いま最高に効いてる」

錠也は丸ノコの破片を握り直す。

「だから、鍵人が出会ってからこれまでの僕と、ずいぶん違うと思うよ」

「なるほどね」

僕も右手に持ったガラスの破片を握り直した。

「じゃあ、兄弟ゲンカしてみようか」

僕が言うと、錠也は哀しいように、嬉しいように、口許を歪めて言葉を返した。

「初めてだね」

僕と錠也のあいだには、ガラスの破片がまだいくつも散らばっている。その中に一つ、僕がいま握っているものと、幅は同じくらいだけど、少し細長いやつがある。ちょうど短刀のようなかたちで、鋭く尖った部分が右を向いて転がっている。それを見つけると同時に僕は手に持った破片を錠也の目に投げつけた。そのまま床を蹴って細長い破片に手を伸ばす。それを逆手に摑み、身を起こしざま上体を回し、錠也のほうへ突き出そうとしたが——相手の動きのほうが速かった。僕が顔を上げたところへ錠也の上体が急接近してきた。ひたいの真ん中がえぐれているのは、きっと、僕がガラスの破片を投げつけたとき、避けようとしなかったからだろう。そうでなければ瞬時に近づくことはできなかったはずだ。でも残念ながら僕には、錠也がつぎに何をするのかが簡単にわかった。

自分だったらどうするかを想像すればいい。

僕は左腕を横向きにして自分の両目に押しつけた。直後、錠也が突き下ろした丸ノコの刃が肘のあたりに突き刺さった。その瞬間を逃さず、左腕を横へ引くと、ダウンジャケットの生地に刃が引っかかり、錠也の右手もついてきた。僕は右手に持った破片を、錠也の両目に一閃させた。たとえ後ろへ避けようとしても間に合わない。破片の先端は左右のどちらかの目を確実に潰せる。

が、つぎの瞬間、僕の右手と錠也のこめかみが猛烈な勢いで衝突した。

錠也は顔を引くのではなく、前へ突き出したのだ。どうやら読まれていたらしい。そのまま互いの胸がぶつかり合う。僕の左手は、丸ノコを持った錠也の右腕をしっかりと摑んでいる。右手のほうは錠也の頭に打ちつけたせいで感覚がなく、ガラスの破片を握りつづけるのが精一杯だ。錠也の左手だけが自由な状態にあることを僕が見て取ると同時に、すぐさまその指が両目を潰しにきた。素早く顎を引く。しかし、また読まれていたらしい。錠也の左手は僕の動きを追い、突き出された人差し指と中指が顔面に近づいてくる。それが両目に突き刺さる直前、足下から床が消えたような感覚があり、錠也の指は僕のひたいをかすめて空を掻いた。

さっき、足音を消すためにスニーカーを脱いだおかげで、両足が床を滑ったらしい。二人の身体がもつれ合って倒れ、錠也が握っていた丸ノコの刃が床に転がった。それを拾うため錠也が身を離すかと思ったら、離さなかった。そのかわり、空っぽになった右手を握って僕の顔面に打ち下ろした。その衝撃と後頭部へのコンクリートの衝撃を同時に受け、全身が宙に浮いたようになり、そこへもう一度、同じ衝撃がやってきた。

「――僕のほうが慣れてたみたいだね」

天井もライトもぜんぶ二重になって浮かんでいる。その手前で錠也の身体が動く。そばにあった丸ノコの刃を素早く拾い上げて向き直る。狙うのは目だろうか、首だろうか。二重になった錠也の顔が一瞬で一つになる。その視線が僕の首元に向けられていることを意識した瞬間、錠也の口がばかっとひらき、声のない絶叫が飛び出した。丸ノコの破片を放り出し、転がるようにして僕の上から飛び退いた錠也の左腿(ひだりもも)には、僕が突き出したガラス片が深々と刺さっていた。

錠也は立てなかった。

僕も立てなかった。

相手の身体から最初の激痛が過ぎ去る前に、僕は反転してうつぶせになり、両手を床に走らせて武器を探した。しかし何もない。右手も左手もコンクリートをこするばかりだ。遠のいた感触が、そこにばかり戻ってきたように、床の虚しいざらつきが手のひらにはっきりと感じられた。錠也は壁際で唸り声を上げている。最初の激痛は、きっともうすぐ過ぎ去る。過ぎ去るが早いか、たぶん錠也はトカゲみたいに素早く這い寄って僕を仕留める。何か聞こえる。ものを壊すような音——断続的な衝撃音。

どこかでガラスが割れた。

小さな金属音がそれにつづき、男の人の声がした。

「錠也くん!」

這いつくばったまま、目だけをそちらに向けた。

工場の真ん中部分、明かりが消えた暗い一帯の向こうで、縦長の四角い穴が口をあけている。さっき僕が閉めたシャッターじゃない。別の出入り口だ。迫間順平を殺すタイミングを計りながら、機械のあいだを移動していたとき、あそこに金属製の扉があるのを僕は見ていた。上側に磨りガラスが嵌まっていたから、それを割って鍵を開けたのだろう。誰だか知らないが——いや——。

「間戸村さん!」

僕は残された力を振り絞って叫んだ。

「間戸村さん、助けてください!」

機械のあいだをぬってシルエットが近づいてくる。ひょこひょこと妙な動きをしている。やがてその全身が、明かりの届く場所まで近づいてきた。妙な動きは、二本の松葉杖のせいだった。窓も、おそらくあの松葉杖で叩き割ったのだろう。

「錠也くん――」

這いつくばる僕に呼びかける。パジャマ姿で、身体が包帯やガーゼだらけということは、なるほど、やはり間戸村さんらしい。慌てて病院を抜け出してきたようで、松葉杖以外は何も持っていなかった。

「間戸村さん、そいつを押さえつけてください！」

僕は錠也のほうへ顔をねじって叫んだ。間戸村さんはそれまで錠也の存在に気づいていなかったようで、はっと目を上げてそちらを見ると、手品でも見せられたように、目を剝いて一時停止した。ついで間戸村さんは、すぐそばで丸くなった迫間順平に視線を移した。その瞬間、もうこれ以上ひらかないだろうと思っていた目がさらに広がった。

迫間順平は自分の頭を両手で摑んだまま、ずっと前からそこに置かれているもののように、血だまりの中ですっかり静止している。心臓も止まったらしく、僕が切り裂いた首の横側からはもう血も流れていない。

「錠也くん、これ――」

僕と錠也と迫間順平をぶんぶん見比べながら、間戸村さんは下手くそな役者みたいに口をぱくぱくさせたあと、状況を把握しようとしたのか、勢いよく自分の周囲に目をやった。見つけたのは、薄暗がりに横たわる政田の死体だった。間戸村さんの咽喉から、笛を強く吹きすぎたときのような音が飛び出した。

なんとか片膝をつき、僕は身体を起こそうとした。しかし、膝はずるりと滑り、胸と顔がコンクリートの床を打った。まだ身体がきかない。まだ立てない。でも、たぶんもう少しだ。もう少しで立ち上がれる。間戸村さんに錠也の身体を押さえてもらえさえすれば、仕留めることができる。それから間戸村さんを殺せばいい。身体がこんな状態でも、全身包帯ぐるぐるの人間を殺すのなんて簡単にできる。

「僕の兄なんです」

「兄？」

間戸村さんの声にかぶせて、僕はさらに怒鳴る。

「双子の兄で、もう何人も殺してるんです。人殺しなんです。僕たちも殺されるから、早く押さえて！」

間戸村さんがまごまごしているうちに錠也が声を取り戻した。

「違う——」

「え、え——」

「早く押さえて！」

もう一度叫びながら上体を持ち上げる。膝をついて床を踏み込むと、ぐらぐら揺れる視界の中で、景色が下へ動いた。どうにか両足で立ち、僕は錠也のほうへ近づいた。間戸村さんはすっかり恐慌をきたし、松葉杖を握る両手が、目に見えるほどがくがくと震え、下から強い風でも吹いているように頬と両目が引き攣って、顔全体がつくりものみたいに見えた。

「錠也くん――人殺しって――え、双子――」

間戸村さんは僕でも錠也でもなく、何もない場所に両目を向けて放心してしまった。錠也はガラスが深々と刺さったままの左足を床に引きずりながら、両手で上体を起こして身構える。僕と錠也のあいだに手頃なガラスの破片は落ちていない。さっきまで錠也が握っていた丸ノコの破片も見失ってしまった。窓枠は壁際に転がっていて、少々距離がある。――いや、いい武器がここにあった。

「それを貸してください」

右手を伸ばすと、間戸村さんははっと両目を吊り上げ、ぐりんと眼球だけを動かして、自分が持っている松葉杖を見た。

「早く!」

ありったけの声をぶつけると、間戸村さんはほとんど自動的といってもいいくらいの動きで松葉杖を一本こちらへ差し出した。右手を伸ばすが、届かない。間戸村さんのほうへ一歩近づく。景色がぐらんとまた揺れる。ようやく松葉杖に手が届いた。松葉杖というものにさわったのは生まれて初めてだったけど、思ったよりも重量がある。錠也に目を戻すと、その顔からは一切の表情が消え、まるで街なかで赤の他人でも眺めるように、ぼんやりとした目を僕に向けていた。

いや、ほんの一秒か二秒のうちに、その両目がくすんだ灰色ににごった。

まるで、黒目の色が実際に変わったかのように。

同じ表情を、僕はこれまで二度、錠也の顔に見たことがあった。一度目は、ひかりさんの家のキッチンで、トレーナーの胸から包丁の柄が突き出した彼女の身体を目にしたとき。二度目はついさっき、僕が首を切り裂いた迫間順平の、丸まった背中を見下ろしていたとき。自分の目も、同じ色にくすんだことがあるような気がした。たぶんそれは、家のリビングでお父さんとお母さんと向き合ったあの夜、自分が二人の子供ではないと打ち明けられたときのことだろう。いままた胸にきざそうとするその思いを遠ざけようと、僕は松葉杖を両手で持ち上げ、スイカ割りのように振り下ろした。錠也は両手で頭をかばいながら斜めに身を縮め、松葉杖の先は左耳の上、こめかみあたりを打って床に激突した。髪の毛のあいだが切り裂かれ、そこに現れた傷は、ほんの一瞬だけ白い色を見せたが、すぐにわっと赤い血が溢れ出した。

「錠也くん……その人、死んじゃう……」

間戸村さんが声を震わせる。

「殺される前に殺さないといけないんです」

松葉杖をもう一度両手で持ち上げる。今度は避けられないよう、頭の少し向こう側、首の後ろあたりを狙う。錠也くん……消え入りそうな間戸村さんの声。僕は両手で松葉杖を握り、体重をのせ、ふたたび力いっぱい振り下ろそうとした。大声が響き渡った。叫んだのは間戸村さんだった。混乱というものをそのまま音にしたような、あいうえおが無茶苦茶にまじり合ったような間戸村さんの声が空気を震わせ、僕はそちらを振り向こうとし、そのときひゅっと風の音を聞いた。

ついで、底無しの水に身体がすうっと沈んでいくような感覚とともに、すべてが遠ざかった。

終章

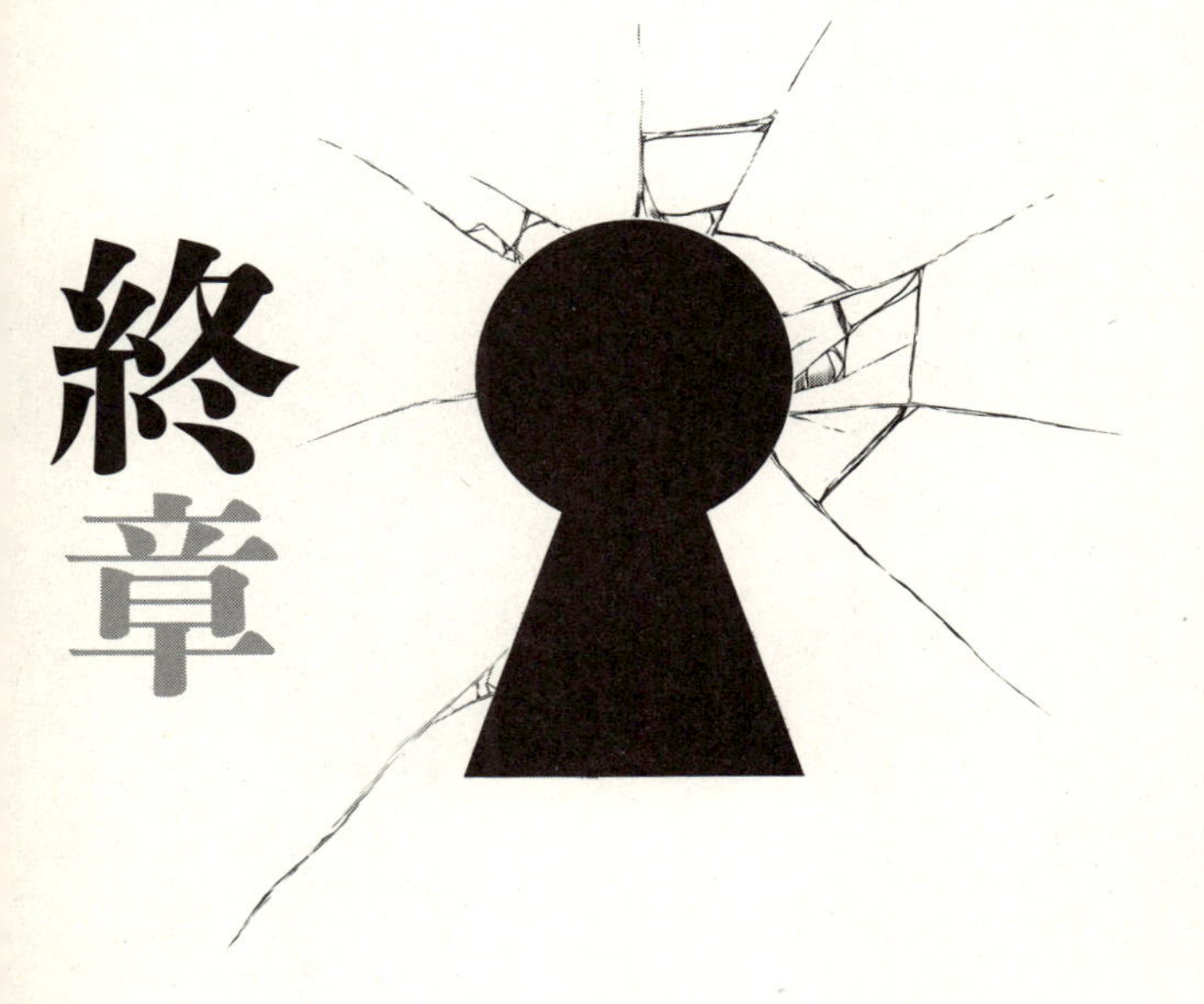

冬の、雪が深く積っていたときのことです。どこかの貧しい男の子が、そりで薪(たきぎ)をとりに外へ出ました。男の子は薪を集めてそりに積みましたが、寒さに体(からだ)がこごえそうなので、そのまま家へ帰らずに、まず、たき火をして少しあたることにしました。

そこで、雪をかきのけて地面をきれいにすると、小さな金の鍵(かぎ)が一つ見つかりました。鍵があるなら錠(じょう)もあるにちがいないと思って、地面を掘ってみると、鉄の小箱が一つ出てきました。——

「砂山のパラドックスって知ってる？」

青光園に向かう道で、間戸村さんが訊いた。

「知りません」

二人して松葉杖を使っているので、僕たちの歩くペースはとてもゆっくりだった。背後からの太陽は明るく、影が二つ並んでくっきりとアスファルトに落ちている。

「じゃ、ハゲ頭のパラドックスは？」

それにも首を横に振ると、間戸村さんは説明してくれた。

「砂山って、砂の山ね。当たり前だけど。いま、俺たちの目の前に巨大な砂山があるとするでしょ、それで、その砂山から一粒の砂をつまんで取る。そうすると目の前にあるのは何？」

少し考えてから、僕は答えた。

「砂山ですよね」

「そう、砂山」

正月明けの田舎町は閑散としている。それでもときおりすれ違う地元の人が、松葉杖の二人組に物珍しそうな目を向けてくる。

「じゃあ、そこからもう一粒、砂を取ると？」

「……砂山です」

僕は同じ答えを返す。

「でしょ。そんなふうにして、一つずつ砂粒を取り去っていったところで、いつまで経っても砂山は砂山。つまり、何粒の砂を取っても砂山は砂山であるということになる。さあ、するとどうなるか」

どうもこうも答えようがなく、中途半端に首を揺らすと、地面の影もいっしょに揺れた。

「『砂は一粒でも砂山である』というパラドックスが生じる」

だから——何だというのだろう。

僕には相手の言いたいことがわからなかった。

間戸村さんは顎を持ち上げ、冷たい空気に顔をさらして黙り込む。その両目は、まるでずっと昔の思い出でもたどっているように、焦点が曖昧だった。

「みんな、どっかおかしいんだよ」

一月の低い太陽が、景色を光か影のどちらかに分けている。地面にくっきりと落ちた僕たちの影は、松葉杖や、着ている服の様子や、髪の毛の細かなかたちまで見て取れる。

「俺だって、やってたこと、普通じゃないもん」

未成年を雇って危ない仕事をさせたり、人の知られたくない部分を無理やり暴き出したり――そういったことを言っているのだろうか。それとも、あの日、全身に怪我を負った状態で工場に駆けつけ、ドアのガラスを叩き割って飛び込んでくれたことも含めて言っているのだろうか。僕がそれを考えていると、間戸村さんはもう一度同じ言葉を、今度は独り言みたいに繰り返した。

「どっか、おかしいんだよ」

民家の窓から金物の鳴る音が聞こえる。

遠くで犬が鳴き、それを叱る人の声がする。

「……ハゲ頭は?」

「うん?」

「さっき、ハゲ頭って」

ああ、と間戸村さんは笑う。

「それも同じ。つるっぱげの頭に髪の毛を一本植えてもハゲでしょ。もう一本植えてもハゲ。もう一本植えてもやっぱりハゲ。そうなると、『ハゲは毛が何本あってもハゲである』というパラドックスが生じる」

哀しいね、と言いながら間戸村さんは笑い、自分の前髪を覗くように、顎を引いて両目を上へ向けた。早起きだったせいで、白目の下側がひどく充血している。

間戸村さんはすべてを警察に話したので、僕という未成年を使ってスクープを手にしていたことも世の中に露見した。どうやらあれは会社にも秘密でやっていたらしく、間戸村さんは謹慎を言い渡され、現在その真っ最中だ。復職できても、間違いなく別の部署に配置転換されるだろうし、そこからまた這い上がるのは難しそうだから、このまま退職して独立することを考えているのだという。独立して何をするのかは教えてもらっていない。昔、ひかりさんの影響で図書館から借りてきた小説の中に、雑誌ライターが事件につぎつぎ巻き込まれ、名探偵のようにそれらを解決していくというものがあったけれど、たぶん間戸村さんに探偵は難しいだろう。

――どうしてあのとき、僕が本物だってわかったんですか？

この町に向かう電車の座席で、僕は初めて訊いた。鍵人の頭に松葉杖を振り抜いたとき、いったい間戸村さんの中にどんな確信があったのか。ずっと知りたかったけれど、訊けずにいたのだ。

――錠也くんがいつものダウンジャケットを着てたからだよ。

間戸村さんは自慢げに説明した。

――あのとき、二人の上着はよく似てたし、どっちも血で汚れてたけど、ほら錠也くんのダウンジャケットの、左の袖。バイクで政田を追いかけたときに破いちゃったところ。あれに気づいたんだ。錠也くんが病室に来たときは上着のことなんて気にしてなかったけど、工場ではしっかり見た。そしたら、床に倒れてるほうの左袖が、見たことある感じで破れてた。だからわかったんだ、こっちが錠也くんだってね。

要するに、ただの運だったらしい。

あの日、僕が袖の破れたダウンジャケットを着ていたのは偶然だ。たまたま鍵人が新しいダウンジャケットを間違えて着て行ってしまったからだ。いまの話だと、その偶然がなければ、どうやら間戸村さんは僕の頭に松葉杖を振り抜いていたらしい。もし僕があの場で昏倒させられていたら、鍵人は間違いなく僕を殺していたし、間戸村さんも殺されていただろう。

もっとも、僕たちのダウンジャケットが入れ替わっていたことが、幸運だったのか悪運だったのかはわからない。そもそも鍵人がダウンジャケットを間違えて着ていったからこそ、ポケットに入っていた僕のスマートフォンで間戸村さんに連絡することができた。あの電話がなければ、間戸村さんも僕も、そして政田も、鍵人が監禁されているという事実やその場所を知ることはなかった。そして、もし誰もあの工場に現れなければ、うどんが鍵人を殺すのを邪魔する者はいなかった。たぶん鍵人は死に、うどんと政田は生きていた。

——あんな身体なのに、工場に駆けつけてくれたのは何でです？

電車の中で、もう一つ訊いてみた。

——記者魂だね。

間戸村さんは即答した。

——あのときの俺のシチュエーション考えてみてよ。俺に電話かけてきた、錠也くんと同じ声をした誰かが、いま何者かに殺されようとしている。そこへ、警察が捜している真っ最中の政田宏明が向かう。さらに錠也くんも向かう。すごいネタじゃない？　雑誌記者が病院を抜け出してタクシーに乗り込む理由としては充分すぎるよ。

　でも僕は、すぐに気がついた。

――カメラ、持ってなかったじゃないですか。

――うん？

――病室の枕元に置いてありましたよね、一眼レフカメラ。もし記者魂であの場所に向かったんなら、どうして持っていかなかったんですか？　どんなシャッターチャンスがあるかわからないのに。

　間戸村さんは、とてもわかりやすく言葉に詰まった。でもそれを隠そうと、何でもないような顔で、正面の窓に目を向けた。僕も目を上げて同じところを見た。電車は都心部を離れ、少し前に見たときよりも建物が減り、緑色が増えていた。

――ま、忘れちゃうときも、あるってことだよ。

　カメラのことだったのか、記者魂のことだったのかは、訊かなかったのでわからない。

　背後で足音が聞こえた。僕たちは松葉杖の先を地面に触れさせたまま、路地の真ん中で同時に動きを止めた。間戸村さんが首をねじり、肩越しに後ろを振り向く。僕も背後を見る。脇の道から出てきたのだろう、セーターで着ぶくれたおばあさんが、背中を向けて遠ざかっていくところだった。

「……そろそろ、一ヶ月だね」

ふたたび二人で冬の路地を歩きはじめる。

「警察から連絡が来ないってことは……やっぱり、まだ手がかりはないのかな」

「そうだと思います」

あの日、松葉杖を鍵人の頭に振り抜いたあと、間戸村さんは僕の脚に刺さったガラスの欠片を抜き、自分の胸に巻いてあった包帯をほどいて止血に使った。そのあいだ、僕は横になってただ両目をひらき、天井の照明や、壁や、散らばったガラスの破片や、背中を丸めたうどんの死体や、暗がりで仰向けになった政田の死体や、床に倒れた鍵人を順繰りに見つめていた。鍵人はコンクリートの床にうつぶせて、最初のうちはときおり手足を痙攣させていたけれど、だんだんと動かなくなり、やがて完全に静止した。

僕の脚を止血し終えたあと、間戸村さんは警察に連絡し、まだ震えのおさまらない声で状況を説明した。その声を聞きながら、僕の意識は遠のいたり、また戻ったりした。やがてサイレンの音が重なり合って急接近し、工場に警察官がなだれ込んできた。谷尾刑事も竹梨刑事もいた。現実感が消え失せ、僕はただその様子を眺めるばかりだったので、鍵人がいつ姿を消したのかはわからない。

いまも、鍵人は見つかっていない。

その行方について有益な情報が入ったという連絡もない。

警察が工場に駆けつけた、あの夜のうちに、僕の証言によって鍵人の自宅で貴島夫妻の遺体が発見された。でも刑事たちは、最初から僕の言葉を信用したわけではない。工場で僕が鍵人の話をしはじめたとき、谷尾刑事も竹梨刑事も、まったく信じようとはしなかった。途中から間戸村さんが加勢しても、信じるというより、嘘を見破る糸口を見つけようという態度で聞いていた。もちろん警察はすでにそのとき、田子庸平とひかりさんを殺害した容疑者として、僕の出自なども調べ上げていたので、鍵人の存在自体は把握していた。何度か、貴島家に電話をかけてもみたらしい。しかし繫がらず、一度は自宅も訪れてみたが、不在だった。そのとき近所の住人から北海道旅行の話を聞いたので、ひとまず貴島夫妻と鍵人がその旅行から帰ってくるのを待とうということになっていたのだという。僕の身の回りで起きた殺人事件の犯人が、二歳半で離ればなれになった双子の兄だったなんて、谷尾刑事も竹梨刑事も、想像さえしなかったのだろう。

一連の出来事に関する報道は、とどまるところなく過熱していた。

間戸村さんによると、とくに熱を入れて事件を追いかけているのは、記者の一人が政田に殺された、あの週刊誌なのだという。反対に、間戸村さんが所属する週刊総芸だけは、自社の社員が関わっていたことから、取材も報道も差し控え、そのことも含めて、ほかのメディアは報道合戦を繰り広げているらしい。

容疑者が未成年なので、鍵人の顔写真や詳しいプロフィールは公表されていない。でも、メディアはすでにそれらを手に入れているはずだと間戸村さんは言う。

いずれはどこかのメディアが抜け駆けをして、鍵人の顔や名前を公表するかもしれない。そもそもインターネットでは、きっともう、ぜんぶさらけ出されているのだろう。

そのうち誰かが街で僕を見て、指をさしたり、急いで警察に電話をかけたりということが起きるかもしれない。警察が鍵人を発見するまでは、眼鏡やマスクで変装して外出したほうがいいと、間戸村さんは心配してくれる。でも、僕にはそれができなかった。鍵人のやったことが、僕のやったことであってもおかしくないような気がするからだ。

「ん……」

間戸村さんが急に頭を立てる。

「今日って不燃ゴミの日じゃなかったっけ？」

「明日だったと思います」

「そかそか。出し忘れたかと思った。会社に行ってないと、どうも曜日のあれがね」

僕たちはいま、間戸村さんが新しく借りたアパートでいっしょに暮らしている。谷尾刑事が、僕たち両方に引っ越しをすすめたのだが、僕のほうに資金も収入もなかったので、間戸村さんが同居を提案してくれたのだ。どちらも片足しか使えないのだから、ちょうど上手（うま）いこと助け合えるんじゃないかと言っていたが、実際に暮らしてみると、助け合うどころか、お互いの不自由が二倍増しになっている印象だった。一昨日（おととい）も、間戸村さんが食器戸棚の高いところにあるグラスを取ろうとし、僕が横から肩を支え、しかし二人とも身体が不安定なので余計にふらつき、グラスは僕たちのあいだに落ちて割れた。飛び散った破片を踏まないよう、互いにその場から動かずにいようとしたのだが、どちらも一本足なのですぐにふらつきはじめ、うっかりそれぞれの身体にしがみついたせいで余計に不安定になり、最後にはとうとう二人して床に転がった。僕は大丈夫だったけれど、間戸村さんは肘に破片を刺して悲鳴を上げた。幸いその破片は悲鳴に比べてずいぶん小さく、ほんの少し血が出た程度ですんだのだけど。

そんな日々を送りながら、間戸村さんはいつも陽気だった。テレビのお笑い番組に声を上げて笑ったり、むかし取材で見た巨大なたこ焼きや、それを売っていた人のことを、身振りや台詞(せりふ)をまじえて話してくれた。でも僕は、そんな気遣いに応(こた)えることができず、テレビ画面も間戸村さんの顔も、何か白くにごった薄膜を通して見ているように思えるのだった。その薄膜は、もしかしたら、以前にひかりさんの両目を覆っていたものと似ているのかもしれない。あの頃のひかりさんも、心が剝(む)き出しになってしまうのが怖かったのだろうか。いまさらながら僕はそんなことを思った。

「お、来てる来てる」

間戸村さんが顔を上げ、手のかわりに松葉杖を振る。

青光園の入り口に、谷尾刑事と竹梨刑事が立っている。谷尾刑事が片手を上げて僕たちに笑いかけ、隣で竹梨刑事も、つられたように片手を上げたが、しかしすぐに下げ、重々しい顔つきで顎を引いた。

事件に何か関係のありそうなことが起きたり、思い出したりしたときは、すぐに連絡してほしいと、谷尾刑事に言われていた。だから、昨日のうちに僕のほうから電話を入れておいたのだ。

刑事たちと合流し、日の当たる園庭を横切って園舎に向かう。何日も晴れがつづいていたので、僕たちの靴や松葉杖が地面をこするたび、煙のような細かい砂が舞った。砂はゆるい風に乗り、人けのない園庭を静かに流れていく。平日の昼間なので、小学生や中学生、高校生たちは学校へ行っている時間帯だった。

「新生活は、どうですか」

谷尾刑事が前を向いたまま訊く。

「ええまあ、男二人で仲良くやってます」

間戸村さんの言葉に、はは、と息だけで笑う。

「引っ越し先の住所は、このまえ申し上げたように──」

「人には教えていません。実家にも連絡してないですし、会社のほうも、ごく一部に伝えてあるだけです」

「我々の力不足を棚に上げるようで申し訳ないんですが、くれぐれも、お気をつけください」

手のひらの付け根で眉間(みけん)をとんとん叩きながら、谷尾刑事は疲れ切った声でつづける。

「見つかるまでは……どこにでもいるということですから」

引っ越しに関しては、谷尾刑事から二つの助言があった。新しい住所をなるべく人に教えないように。また、郵便局に転送届けも出さないように。転送届けのほうは、どうして駄目なのかがわからなかったので、訊いてみたが、言葉を濁された。しかし、あとで間戸村さんが教えてくれたところによると、郵便局の転送システムを利用して、引っ越し先の住所を知る方法があるらしい。

——まず、誰かの旧住所に速達を出すでしょ。それで、つぎの日の朝、まだ郵便局がひらく前に時間外窓口に行って、どうしても郵便物を取り戻したいって頼む。

それが認められた場合、手数料の何百円かを払うと、差出人のもとに郵便物を送り戻してくれる。しかし、速達は集荷されてすぐに転送処理がなされているので、戻ってきた封筒には、すでに転送先の宛名と住所が貼られている。

——郵便物の取り戻しには身分証明書が必要だけど、それさえなんとかすれば、まあ、なんとかなっちゃう可能性はあるからね。

園庭の隅、水道の脇で、未就学の子供たちが何人かしゃがみ込んで遊んでいた。あそこは地面の石をどかすといろんな虫が出てくるので、それを捕まえているのかもしれない。土で汚れた小さな指先や、服についた食べこぼしや、鼻水で硬くなった袖口が、こんなに離れているのに、目に見えるような気がした。一人が僕たちに気づいて顔を上げ、ほかのみんなもこちらに目を向ける。一番年下らしい男の子だけ、見憶えがない。僕がここを出てからやってきたのだろう。その子だけが興味深げに僕たちのほうへ首を伸ばしているが、ほかの子たちはみんな、すぐに目をそらし、自分たちの遊びに熱中しているふりをした。僕がここにいた頃も、そうだった。たぶん、職員や、ここで生活している子供たちが、みんな僕を避けたり、煙たがっていたのを、なんとなく感じ取っていたのだろう。

こちらを見ていた男の子が遠慮がちに手を振った。僕が手を振り返すと、恥ずかしさを正直に顔に出して頬を持ち上げる。やけに大きなセーターを着ているのは、誰かのお古をもらったのだろうか。それとも、ここに預けた親が大きめのものを買ってやったのだろうか。

青光園という児童養護施設の名前は、報道では伏せられていた。だから、ここで暮らす子供たちは、いま世間を騒がせている事件に、自分たちの住処（すみか）が大きく関わっていることなんて、きっと知らない。このままずっと公表されず、何も知らないまま時間が経ち、みんなが大人になってくれればいいのだが、それはたぶん難しいことなのだろう。

「錠也くん」

懐かしい声がした。

園舎の入り口に立っていたのは戸越先生だった。半分白い髪を、相変わらず頭の後ろで束ね、乾いた癖っ毛が左右の耳の上に飛び出している。

「久しぶりね、錠也くん」

そう言いながら戸越先生は、疲れが染み込んだ頬を持ち上げた。会わなかった二年近くのあいだに、ずいぶん歳をとったようなその顔を、僕はまともに見ていることができず、黙って頭を下げた。

鍵人が戸越先生を脅してうどんの住所を訊き出したことは、アパートでいっしょに寝起きしていたときに鍵人本人から聞いていた。きっと戸越先生はそのせいで、警察にいろいろなことを言われたに違いない。そして、そのたび、まるですべてが自分の過失であるように謝ったのだろう。

小学三年生の頃、僕が学校でクラスメイトの持ち物を壊しはじめたとき、職員室まで謝りに来たのは、園長先生か、そうでなければ戸越先生だった。園長先生のほうは施設の責任者として頭を下げ、謝罪の言葉もそうした立場からのものだったけれど、戸越先生はいつも、自分自身の力の足りなさを謝っていた。

二月の寒い夕方、放課後の職員室で戸越先生が、僕の隣で何度も頭を下げながら、初めて泣いていたのを憶えている。僕はただ時間が経つのを待ちながら、その横顔と、戸越先生の足首でたるんだ靴下を、交互に眺めていた。戸越先生と二人で学校を出ると、外は真っ暗だった。先生はずっと無言で、青光園に帰る道をたどるあいだも、何も言わなかった。もう涙は流していなかったけれど、ときどき洟をすすった。そのたび先生は短く息を吐き、でもそれが溜息みたいに聞こえないよう、少し口を横に広げながらやっていた。道の途中で、先生は急に路地を曲がって大通りに出た。少し歩いたところにコンビニエンスストアがあった。閑散とした駐車場の向こうに、眩しくて四角い光が、未来の景色みたいに浮かんでいた。お腹が空いちゃったと、戸越先生は学校を出てから初めて言葉を口にし、僕を連れて店に入ると、おでんを買った。園での夕食の前にこんなものを食べるのは、ほんとはよくないことだから、秘密にしてくれと言いながら、僕にも買ってくれた。僕たちはそれを、コンビニエンスストアの駐車場の隅で立ち食いした。発泡スチロールの器が、かじかんだ手にあたたかく、汁のにおいが冬のにおいにまじった。戸越先生の眼鏡は湯気で真っ白になり、吐く息も、はっきりと白かった。僕は戸越先生のことが嫌いではなかった。だから、先生に迷惑をかけ、泣かせてしまったことを、哀しんでもよかったはずなのに、その哀しみを感じたことは思い出せない。いま僕は、あのときのぶんまで、戸越先生に何かを言いたかった。でも、言おうとしても、顎が固まって動かなかった。

「ごめんね、錠也くん」

戸越先生が先に口をひらいた。何を謝られたのかはわからなかった。僕は黙ったまま、ただうつむいて両手の松葉杖を握りしめた。そうしながら、唐突に胸に迫る寂しさを意識していた。こうして戸越先生に久しぶりに会っているにもかかわらず、僕は寂しかった。そして、一度それを意識してみると、以前にも自分の胸が同じ感情でいっぱいになったことがある気がした。ずっと昔、僕がここで、草刈り機にビニール紐（ひも）を巻き込ませてソリを走らせたり、園長先生の車に乗り込んで園庭をぐるぐる走り回ったりしたのは、先生たちに自分を見てほしかったからなのではないか。そんな気がした。ほかの子供たちの崇拝を集めたいのでなく、親代わりである先生たちの気を引きたかったからなのではないか。

「スリッパがそこにありますから、皆さんどうぞ、使ってくださいね」

戸越先生が下駄箱の脇に置いてあるスリッパ立てを示す。来客用の青いスリッパが、一組ずつ重ねられて上向きに並んでいる。

「みんな古くなっちゃってて、恥ずかしいんですけど」

「俺と錠也くんはワンセットですむね」

間戸村さんがスリッパを取り、一つを自分の足下に落とすと、もう一つを僕のほうへ放（ほう）った。スリッパはかなり傷んで、青いビニールがあちこち剝けていた。僕が子供の頃からあったから、もしかしたら青光園ができて以来、買い換えられていないのかもしれない。十七年前、貴島夫妻もこのうちのどれかを履いて、二歳半の僕や鍵人と会ったのだろうか。

「錠也くん、それ履くの初めてなんじゃないかしらね？」

戸越先生に言われて気がついた。昔から見慣れたこのスリッパに自分の足を入れるのは、たしかに初めてだ。

「底の部分とか、もうぺったんぺったんでしょ」

「そうですね……ぺったんぺったんです」

松葉杖で身体を支えながら、片足だけのスリッパで廊下を踏んでみた。タイルの硬さと、園庭から吹き込んだ細かい砂の感触が、ほとんどそのまま足裏に伝わった。間戸村さんも同じことをし、谷尾刑事と竹梨刑事も、がに股（また）になってその場で足踏みをした。たしかに、とか、まあでも、とか、三人がそれぞれ口の中で呟（つぶや）くのにまぎれて、僕はやっと咽喉(のど)から言葉を押し出した。

「ご迷惑をおかけして、すみませんでした」

戸越先生はほんの短く表情を止めた。

しかしすぐに、まるで僕が何か冗談でも言ったように、鼻に皺(しわ)を寄せながら片手を振り、空気を叩いた。

「戸越先生ー」

廊下の奥から声がする。

小走りに現れたのは、新しい先生だろうか、見たことのない若い女の人だった。彼女は玄関ホールまで出てくると、こちらに気づいて会釈をし、しかし僕の顔を見て身体を硬くした。

戸越先生が彼女に近づく。新人らしい先生は、何か質問のようなことを、聞き取れない声で言う。戸越先生がそれに短く答えると、彼女は僕のほうを見ないようにしながら、またこちらに会釈をし、廊下を戻っていった。

「じゃ、園長が向こうでお待ちですんで」

戸越先生を先頭に、僕たちは廊下を進む。

先生の室内履きの足音と、僕たちの松葉杖の音、スリッパが床をこする音ばかりを聞きながら、あの狭い講堂や、ひかりさんが粉のレモンティーを飲んでいた食堂の脇を抜けていく。

職員室の前まで来ると、戸越先生が先に入り、僕たちはその場で待った。

椅子のきしむ微かな音。戸越先生の声。低く訊ね返すような園長先生の声。ついで戸越先生の「あれ?」という驚いたような声。どうやら戸越先生は、僕たちがいっしょに部屋に入ってきていると思ったらしい。

僕たちは短く互いの顔を見合ったあと、全員同時に動き、前後して職員室の入り口を抜けた。入れ替わるようにして、戸越先生が「私はこれで」と言いながら廊下へ出ていく。やらなければならない仕事があるのか、それとも、はじめから同席はしないことになっていたのだろうか。

園長先生が机を回り込んでこちらに歩いてくる。見慣れたセーターを、まだ着ている。窓の外には陽を受ける園庭が広がっていて、先生の顔はその光の手前で影になっていたけれど、両目が真っ直ぐ僕に向けられているのがわかった。壁際に園長先生の机がある。その上に、これも見慣れた湯呑みが置かれている。中のお茶はほとんど減らないまま冷めているに違いない。ここからは見えもしないのに、何故かそう思えた。

園長先生から電話が来たのは、昨日の夕方のことだ。

一連の出来事が報道されたあと、青光園の番号から何度も着信があったのだが、僕は電話に出ることができなかった。何も考えたくなかった。何も思い出したくなかった。昨日の夕方、同じ番号からの着信に応答したのは、たまたまそばにいた間戸村さんが、出てみなよと言ってくれたからだ。

僕たちが話をするのは、二年近く前に青光園を出て以来だった。

電話の向こうで園長先生は、僕に鍵人の存在を話さなかったことについて、そして、父親が誰であるか知らないと嘘をついたことについて、まず謝った。僕は相槌を聞かせるのが精一杯だった。先生は僕の身体や、それ以外のことすべてを、ひどく心配していた。でも僕は上手く言葉を返すことができず、最後にはけっきょくぎこちない沈黙が降りた。スマートフォンを耳に押しつけたまま、僕は青光園の職員室で受話器を手にしている園長先生の姿を想像した。すると、そこに並んだ机の様子や、壁に掲げられていたホワイトボードや、五歳の「花火ナイト」の夜、キリカワ先生の車に火薬を仕掛けるために抜け出した窓の様子などが、はっきりと思い出されてくるのだった。

——いっちゃんから、預かっているものがある。

唐突に言われた。

——亡くなる前に、病院で渡されたんだ。自分はこのまま死んでしまうかもしれない。そのあと、子供たちが成人して……もしそのときまで、二人がどこの家庭にも引き取られていなかったら、渡してくれと言われていた。

僕と鍵人が持っている、あの小さなキーといっしょに、預けられたのだという。

——何をですか？

——わからない。

それは、小さな箱なのだが、蓋には鍵がかかっていて、開けたことはないらしい。

――でも、成人したらっていう話なのに、何でいま……。

言いかけたとき、僕はようやく気づいた。

「誕生日おめでとう」

園長先生が僕に微笑みかける。

今日は、僕と鍵人の誕生日だった。スマートフォンを使うたび、四桁のパスコードを打ち込んでいたのに、昨日まですっかり忘れていたのだ。

「刑事さんたちも、どうも、わざわざ」

「いえいえ、わざわざっていいますか、仕事ですんで」

谷尾刑事が肩口で片手を揺らす。

「奥に行こうか」

僕に目を戻し、園長先生が身体を斜めにした。

「箱は、あっちに用意してある」

職員室の奥は応接室につながっている。その応接室の入り口まで移動すると、園長先生は僕たちを先に中へ通し、最後に自分も入ってドアを閉めた。園庭に面した窓にはレースのカーテンが引かれていたが、隙間から太陽が差し込み、空中を舞う埃が光のかたちを浮き立たせていた。

箱はローテーブルの上にあった。

木製の、アンティークショップで売られていそうな、ただし、とても安っぽい箱だった。鍵穴が一つ、確かについているけれど、鍵がなくても、ペンチか何かで壊せば簡単に開けられそうだ。

「中身は、何だと思いますか？」

訊いたが、園長先生は首を横に振る。

「俺には、見当もつかない」

ローテーブルの前に膝をつき、箱を持ち上げてみた。箱自体の重さがどのくらいあるのかはわからないが、どうも、そこに大した重量はプラスされていないようだ。テーブルの上に戻そうとすると、傾けた拍子に、中でかしゃりと音がした。その音も、ひどく軽いものだった。

ジーンズのポケットからキーを取り出す。円柱の軸に、凸凹の歯がついた、オモチャみたいなキー。母がこれを双子の兄弟それぞれに託した理由が、昨日の園長先生からの電話で、僕はわかった気がしていた。箱の中に何が入っているとしても、それはきっと、子供が里子にもらわれた場合には必要なくなるか、渡すべきではないと判断されるものなのだろう。だから母は、僕と鍵人それぞれにキーを託した。二人が成人したとき、片方だけが里子にもらわれていて、もう片方には親がいない可能性もある。まさに僕と鍵人がそうなったように。しかし、二人がそれぞれ一つずつキーを持っていれば、園長先生は片方だけに連絡をとって箱を開けさせることができる。

キーを挿し込んで右へひねった。

大した手応えもなく、錠は回った。

両手で蓋を持ち上げる。中にはぽつんと、透明な四角いケースが入っている。そのプラスチックケースの中に見えているのは、子供が描いたロボットの顔のような、灰色のものだ。カセットだね、と間戸村さんが呟く。なるほどカセットテープだ。使ったことはないけれど、この青光園にいたとき、自由参加のラジオ体操で、園長先生がいつもカセットテープを再生していたのを憶えている。ただしそれは僕が小学校低学年のときまでで、以降は卒園生からプレゼントされたというＣＤプレイヤーに替わっていた。

まだ昔のプレイヤーがあるかどうかを、園長先生に訊いてみた。

「倉庫にあると思う」

先生は職員室を出て倉庫へ向かった。昔、カメとカマキリの家を燃やすため、僕がポリタンクを一つ一つ逆さまにして灯油を集めた倉庫だった。

白い光が差し込む応接室で、僕たちはテーブルを囲んで立ち、園長先生が戻ってくるのを待った。

「そういう鍵、丸い軸の先に四角い歯がついたやつ――」

箱に挿さったままのキーを、間戸村さんが目で示す。

「スケルトン・キーっていうらしいね」

「そうなんですか」

生まれたときから手元にあったものなのに、呼び名を知らなかった。

「ずっと昔につくられてたウォード錠っていう、単純な仕組みの錠は、じつはスケルトン・キーを使えばほとんど開けられたんだって。だからスケルトン・キーは、英語だと〝合い鍵〟の意味でも使われるとか、何かで読んだことあるよ」

合い鍵という言葉は僕の中で、鍵人の存在と重なり合った。この青光園にやってきたときも、うどんに電話をかけたときも、鍵人は坂木錠也として振る舞い、僕にしか開けられないはずの錠を、いとも容易くひらいてみせた。田子庸平を殺したときも、ひかりさんを殺したときも、まるで犯行現場に一本の鍵を置いていくように、わざと証拠を残し、警察はその鍵を拾って、僕という鍵穴に挿し込んだ。すると鍵が合致し、僕は疑う余地のない容疑者として追われることになった。

「あったあった」

園長先生がラジカセを抱えて応接室に戻ってきた。

「何か、ヘッドホンかイヤホンのようなものも、用意したほうがいいだろうか。探せばどっかにあると思うんだが」

僕は首を横に振り、埃まみれのラジカセを両手で受け取った。ローテーブルに置き、後ろで束ねてあった電源コードをほどく。園長先生が息で先端の埃を吹き飛ばし、プラグを壁の差し込み口に入れてくれた。

カセットテープをセットし、再生ボタンを押し込む。

ホワイトノイズ。

その向こうで、衣擦れ（きぬず）のような音だけが聞こえている。その音はしかし、一定のリズムを保っていて、じっと聞いているうちに、人の呼吸音であることがわかった。

やがてその呼吸音は、すっと長く伸び、直後、静かな声が聞こえた。

『鍵人と錠也に会いたいです』

初めて耳にする、母の声だった。

『でも、たぶん、お母さんは死んでしまいます』

そんなふうに思えないほど、母の声は穏やかだった。息で薄まりきって、聞き取りにくいけれど、まるで日曜日の朝に、日当たりのいい縁側で語られているように、やわらかだった。

二十年と少し前、母は田子庸平に散弾銃で撃たれ、意識不明の状態で病院に運ばれた。身体に埋め込まれた散弾の摘出手術を受け、一時的に意識を取り戻したが、すぐに容態が悪化して、ふたたび昏睡状態に陥った。僕と鍵人は帝王切開によって取り出され、母はそのまま命を失った。

おそらくこの声は、母が一時的に意識を取り戻したというそのとき、録音されたものなのだろう。

『二人のお父さんのことを、大人になったあなたたちに、教えなければいけないと思いました。でも、もう手が上手く動かせなくて、手紙を書くのは無理だから、病院の人に用意してもらって、録音することにしました』

二人の刑事と間戸村さんが短く視線を交わす。これから母が話す内容が、もうすでに明らかになっている事実であることが予想され、期待外れな部分があったのかもしれない。実際、そのあと母が語ったのは、その場にいる全員が知っていることだった。母を撃ったのは田子庸平であり、僕たちの実の父親であるということ。しかし、母の声で語られることで、それが紛れもない真実なのだと、僕はあらためて思い知らされた。それと同時に、両目を覆っていた薄膜のようなものが唐突に引き剝がされ、いまさらになって、うどんの死や、初めて好きになったひかりさんの死や、自分が体験したことすべてが、圧倒的な現実感をともなってのしかかってきた。

『もしかしたら、あなたたちはいま、とてもつらい人生を送っているかもしれません。でも、これだけはわかってください』

母の声が、やがて、僕の知らなかったことを語りはじめた。

『きっと、生まれてきてよかったと思える日が来ます』

かすれた呼吸音と呼吸音の合間で。

『あなたたちの名前を決めるとき、大好きな童話を思い出していました。子供の頃、児童養護施設で読んだグリム童話の、いちばん最後に載っていました。すごく短い、「金の鍵」というお話でした』

目の前にいる子供に絵本を読んでいるように、切れ切れの母の声が、やさしく物語を聞かせた。

真冬に一人の男の子が、薪を集めに外へ出た。外は深く雪が積もり、とても寒く、男の子は薪を集めたあと、凍えてしまいそうになった。だから、家に帰る前に、その場でたき火をして、身体をあたためようと思った。男の子は雪を掻きのけ、薪を燃やす場所をつくろうとした。すると雪の中から、小さな金の鍵が見つかった。鍵があるなら錠もあるに違いないと、ためしに地面を掘ってみると、小箱が一つ出てきた。

『鍵がうまく合うといいな……この中にはきっと、立派なものが入っているにきまってるぞ。男の子はそう考えながら……あちこち探してみましたが、どこにも、鍵穴が見つかりませんでした。そのうち、やっと見つけたのですが、それは、見えるか見えないかくらいの、小さな穴でした。鍵を差し込んでみると、ぴったり合いました。男の子は、ぐるりと鍵をひと回ししました』

　物語は、そこで終わるのだという。

『そのあとは、ただ、こう書かれているだけでした。――蓋をひらくまで待たなくてはなりません。そして、蓋が開いたら、小箱にどんな素晴らしいものが入っているか、わかることでしょう』

　母の言葉が途切れた。

　重たいものを引きずるような息づかいだけが、しばらく聞こえていた。

『お母さんは、あまり頭がよくないから、お話の意味は、よくわかりませんでした。でも、子供の頃、施設の本棚の前で、初めてこれを読んだとき、とても明るい気持ちになりました。いろんな、すごく嫌だったことが、みんな、大丈夫だっていう気持ちになりました。大人になってからも、何度も思い出しました。思い出して、いろんなことを、大丈夫だって……』

不意に、声が涙に覆われた。

絞り出すように、母は繰り返した。

『大丈夫だって……』

病室でこのテープを録音するとき、母は、僕と鍵人がこの世に生まれてくることを祈っていた。きっと心の底から祈っていた。でも、もしこんなことになると知っていたら、それでも祈っただろうか。僕と鍵人が無事に産声を上げることを願っただろうか。

『だから、あなたたちも……』

生まれてきてしまった僕は、いま何を祈ればいいだろう。起きてしまった出来事に、祈りなんて通じない。それでも僕は祈りたかった。母と同じように、心の底から祈りたかった。

『あなたたちも、大丈夫です』

母の言葉が本当でありますように。

『大丈夫です』

少しでも本当でありますように。

解説

中野信子（脳科学者）

道尾秀介という作家の文章に触れるとき、いつもその精緻さと堅牢なつくりに打たれてしまう。道尾作品を初めて読んだのはもう10年以上も前のことになるが（『光媒の花』集英社文庫）、こんな人がいたら私は小説では勝負できないだろうと、読み始めから、静かだけれど凄みのある文の気配に圧倒された。妬みを感じさせてもらえるような余地すらない。はなから負の感情は濾過されて、ただひたすら、同年代にこういう作家がいるのか、と感悦した。以来、道尾秀介ファンの末席に名を連ねている。

本作『スケルトン・キー』は、「サイコパス」を自認する19歳の青年、坂木錠也の一人称で物語が進められていく。サイコパスというのは人々を恐怖に陥れる存在である一方、自分に実害をもたらしさえしなければ、興味をそそる魅力的なキャラクターという側面も持っている。それゆえに、古今東西、サイコパス的な人物を登場させる物語は数多くある。

しかし、その中で、物語全体を一人称でサイコパスに語らせようという試みは珍しい。道尾秀介本人も、複数のインタビューでその工夫について語っている。そしてこれは、単に一人称で語らせました、というだけにとどまらず、物語を立体的に構成するギミックにもなっている。ここは本作を読み解くまさに「キー」となる部分であるので、読者にはぜひ、このことを心に留めて読み返してみていただきたいと思う。

さらに注目すべきは、サイコパスの内観描写についてだろう。道尾秀介自身が語っているように、以前から彼はサイコパスについての脳科学的な知見に興味を持ち、リサーチを重ねていたという。本作を読み進めるうち、読者の中には「ひょっとして道尾秀介本人がサイコパスなのではないか」という疑念が生じた人もいるかもしれない。それほどに、真に迫った表現がされているシーンがある。サイコパスは恐怖を感じないという性質や、生理的な特性についてなど、少なくとも、かなり意識して勉強されているのだなということがよくわかる。

以前、本人に、自分をサイコパスだと思うかどうかについて尋ねたことがあった。けれど、彼は、自分は不安や怖さといったものを強く感じるほうで、ものすごく心配性なのだ、と語っていた。確かに、文体の緻密さや丁寧な描写は、繊細で心配性な人でなければ達成し得ない水準のものだろう。

しかし、そんな道尾秀介が、怖さを感じることのないサイコパスの内面を描写する、というときにはいったい、どのようにしてそれを書くのだろうか。興味を持って、さらにそのことについて尋ねてみた。どんな心理的な障壁があるのか、それをどう乗り越えているのか。

彼は、クリエイターには「憑依（ひょうい）型」と呼ばれるタイプの、なりきって作るスタイルを取る人たちがいるが、自分はそうではない、と語った。自分は自分なので、別人物になろうと思っても絶対に自分が顔を出してしまう。その代わり、頭の中に、完全に自分から離れた存在としてその人物をつくって書いているのだと。

主人公を造形し、そのキャラクターをシミュレーターで動かすようなイメージで、ある程度プログラムを打ち込んでおけば後は勝手に動いてくれる、という話もした。ただ、バグを起こして、たまに予想外の動きをするんですよね、とも言い、そのときは自分でもびっくりしますけど、それが小説を書く楽しみでもあるんです、と笑っていた。予想外のことを楽しむことのできる余裕は、知性に恵まれた人にだけ許される、人格の豊かさの象徴でもある。

本作のほかに、長編小説『スタフ staph』（文春文庫）でも、女性主人公の一人称で書くのに、それなりの苦闘があったという。とはいえ、彼には作家としての実績を積んできたという自負もある。新しい挑戦をしてみようという欲求が、サイコパスという、異性と同等かそれ以上に自分と違う存在を書きたいという気持ちを後押しした。

もちろん心理的な障壁がないわけではなかったようだ。けれど、これから書くことに先例がないとか、自分の能力以上かなどと考えるときには、いつも彼は、ロジャー・バニスターを思い出すのだという。かつて一マイルを四分以内で走るのは人間の身体能力では不可能だ、と言われていた。ところがロジャー・バニスターという陸上選手が四分を切った途端、次々に切る人が出てきた、と。この逸話から、脳にリミットをかけているのは自分だということがわかる、と彼はいう。

元々、映画『SAW』シリーズ等のサイコスリラーを好んで見たり、『羊たちの沈黙』シリーズのハンニバル・レクターというキャラクターに魅力を感じていたとも聞く。人間の傾向の一つに、理解の範疇を超えた異質な存在への恐怖を、わざわざ味わおうとしてコストをかける、という奇妙な特質がある。ホラー映画やミステリー小説を好む人たちは、敢えて恐怖を味わうことによって、現実に被害を受けかねないような状況下でパニックに陥ることなく対応できるよう、無意識的にあらかじめこうした物語に触れておくようにしているのだ、という考え方が提唱されている。広義の学習機能とでも呼べばいいだろうか。

さて、サイコパスの最大の特徴は、他者への共感性を持たないところである。これは前頭前野の一部が担当しているが、この領域がサイコパスではあまり機能していないことがわかっている。しかし、まったく共感性ゼロでは、あっという間に人間の集団からは排除されてしまう。これでは、生き延びていくことが難しい。

そこでサイコパスは、この脳領域がうまく使えない代わりに、知能など別の脳領域が担当している能力を使って、この不足をカバーしようとする。わかりやすくいえば、共感能力が高いと見せかけられるように、対人関係の技術を磨き、あたかも他人の気持ちを汲むことが上手な人であるかのように、巧妙にいい人を演じて擬態しようとしたりするのである。彼らにとって道徳や倫理は、人として大切な何かなどではなく、ただのライフハックである。小説中のキャラクターであれば興味深くもあり、魅力さえ感じるが、現実には可能な限りお目にかかりたくない人物である。

ところで、作中では、幼少期、主人公と相互作用を起こす存在として、同じ児童養護施設で育ったひかりという女性を登場させている。サイコパスでも恋愛感情は持つ。性的に未発達な段階での、恋心という形での相互作用を、どのように物語で展開していくのかに着目して読み進めるのも面白い。成人した普通の（サイコパスでない）人間の、湿り気のあるどろどろした感情とはちがう、特殊で、ある種の純粋ささえ感じさせるような相互作用が、道尾秀介の手にかかるとこんな表現になるのか、という点にもぜひ注目して、作品を味わっていただきたいと思う。

主な参考文献

『ブレーメンの音楽師　グリム童話集Ⅲ』植田敏郎訳（新潮社）
『サイコパス』中野信子著（文藝春秋）
『言ってはいけない　残酷すぎる真実』橘玲著（新潮社）
『サイコパスという名の怖い人々』高橋紳吾著（河出書房新社）
『暴力の解剖学　神経犯罪学への招待』エイドリアン・レイン著　高橋洋訳（紀伊國屋書店）
『児童養護施設と社会的排除　家族依存社会の臨界』西田芳正編著　妻木進吾・長瀬正子・内田龍史著（解放出版社）
『宝くじで1億円当たった人の末路』鈴木信行著（日経ＢＰ社）
『脳には妙なクセがある』池谷裕二著（扶桑社）

絵画クレジット

タイトル：Mona Lisa
作家：Vinci, Leonardo da (1452-1519)
所蔵先：Louvre, Paris, France
技法：oil on panel
制作年：c.1503-1506 (C16th)
サイズ：77×53cms
写真提供　ユニフォトプレス

図版作成

本島一宏（ＲＥＰＬＡＹ）

本書は、二〇一八年七月に小社より刊行された単行本を文庫化したものです。

本作品はフィクションであり、実在の人物・団体等とは一切関係ありません。

スケルトン・キー

道尾秀介（みちお しゅうすけ）

令和3年 6月25日　初版発行

発行者●堀内大示

発行●株式会社KADOKAWA
〒102-8177　東京都千代田区富士見2-13-3
電話　0570-002-301（ナビダイヤル）

角川文庫 22700

印刷所●株式会社暁印刷
製本所●株式会社ビルディング・ブックセンター

表紙画●和田三造

ISBN 978-4-04-111330-1　C0193

角川文庫発刊に際して

角川源義

第二次世界大戦の敗北は、軍事力の敗北であった以上に、私たちの若い文化力の敗退であった。私たちの文化が戦争に対して如何に無力であり、単なるあだ花に過ぎなかったかを、私たちは身を以て体験し痛感した。西洋近代文化の摂取にとって、明治以後八十年の歳月は決して短かすぎたとは言えない。にもかかわらず、近代文化の伝統を確立し、自由な批判と柔軟な良識に富む文化層として自らを形成することに私たちは失敗して来た。そしてこれは、各層への文化の普及滲透を任務とする出版人の責任でもあった。

一九四五年以来、私たちは再び振出しに戻り、第一歩から踏み出すことを余儀なくされた。これは大きな不幸ではあるが、反面、これまでの混沌・未熟・歪曲の中にあった我が国の文化に秩序と確たる基礎を齎らすためには絶好の機会でもある。角川書店は、このような祖国の文化的危機にあたり、微力をも顧みず再建の礎石たるべき抱負と決意とをもって出発したが、ここに創立以来の念願を果すべく角川文庫を発刊する。これまで刊行されたあらゆる全集叢書文庫類の長所と短所とを検討し、古今東西の不朽の典籍を、良心的編集のもとに、廉価に、そして書架にふさわしい美本として、多くのひとびとに提供しようとする。しかし私たちは徒らに百科全書的な知識のジレッタントを作ることを目的とせず、あくまで祖国の文化に秩序と再建への道を示し、この文庫を角川書店の栄ある事業として、今後永久に継続発展せしめ、学芸と教養との殿堂として大成せんことを期したい。多くの読書子の愛情ある忠言と支持とによって、この希望と抱負とを完遂せしめられんことを願う。

一九四九年五月三日

角川文庫ベストセラー

鬼の跫音
道尾秀介

ねじれた愛、消せない過ち、哀しい嘘、暗い疑惑──。心の鬼に捕らわれた6人の「S」が迎える予想外の結末とは。一篇ごとに繰り返される奇想と驚愕。人の心の哀しさと愛おしさを描き出す、著者の真骨頂！

球体の蛇
道尾秀介

あの頃、幼なじみの死の秘密を抱えた17歳の私は、ある女性に夢中だった……狡い嘘、幼い偽善、決して取り返すことのできないあやまち。矛盾と葛藤を抱えて生きる人間の悔恨と痛みを描く、人生の真実の物語。

透明カメレオン
道尾秀介

声だけ素敵なラジオパーソナリティの恭太郎は、バー「if」に集まる仲間たちの話を面白おかしくつくり変え、リスナーに届けていた。大雨の夜、店に迷い込んできた美女の「ある殺害計画」に巻き込まれ──。

推理作家謎友録
日本推理作家協会70周年記念エッセイ

今野　敏　ほか
編／日本推理作家協会

２０１７年に創設70周年を迎えた日本推理作家協会。日本を代表する作家たちが書き下ろす、作家としての日常、そして作家同士の交遊や忘れられないエピソードを綴ったとっておきのエッセイ集。

作家の履歴書
21人の人気作家が語るプロになるための方法

大沢在昌他

作家になったきっかけ、応募した賞や選んだ理由、発想の原点はどこにあるのか、実際の収入はどんな感じなのか、などなど。人気作家が、人生を変えた経験を赤裸々に語るデビューの方法21例！

角川文庫ベストセラー

角川文庫ベストセラー

クローズド・ノート　雫井脩介

自室のクローゼットで見つけたノート。それが開かれたとき、私の日常は大きく変わりはじめる——。『犯人に告ぐ』の俊英が贈る、切なく温かい、運命的なラブ・ストーリー！

望み　雫井脩介

建築家の石川一登は、家族4人で平凡な暮らしを営んでいた。ある日、高校生の息子・規士の友人が殺された。事件後も行方不明の息子の潔白を信じたいが——。家族の「望み」とは何かを真摯に問う。

人間の顔は食べづらい　白井智之

安全な食料の確保のため、食用クローン人間が育てられる日本。クローン施設で働く柴田はある日、除去したはずの生首が商品ケースから発見されるという事件の容疑者にされ⁉　横溝賞史上最大の問題作‼

東京結合人間　白井智之

一切嘘がつけない結合人間＝〝オネストマン〟だけが集う孤島で、殺人事件が起きた。容疑者たちは〝嘘がつけない〟はずだが、なぜか全員が犯行を否定。紛れ込んだ〝嘘つき〟はだれなのか——。

悪い夏　染井為人

生活保護受給者（ケース）を相手に、市役所でケースワーカーとして働く守。同僚が生活保護の打ち切りをネタに女性を脅迫していることに気づくが、他のケースやヤクザも同じくこの件に目をつけていて——。

角川文庫ベストセラー